Les Frères du soleil

Un écrivain, dit Thomas Bernhard, est un vieux fou qui se livre à sa folie en toute indépendance. Une couronne de lauriers sur sa tête ressemble à une couronne d'épines. Vieux sage livré à sa folie et à sa solitude dans son village du Tessin, à Montagnola, Hermann Hesse avait beau considérer qu'il faut accepter les prix et les honneurs pour ce qu'ils sont, des actes de sociabilité et de courtoisie, des « tentatives du monde officiel pour se défendre de son embarras devant des prestations non officielles », quand lui parvint, en 1946, la nouvelle que le prix Nobel lui avait été attribué, il s'enfuit de chez lui et personne ne sut où le trouver : il s'était réfugié dans la clinique psychiatrique que dirigeait un de ses amis.
La foule a rejoint l'ermite. La masse rend hommage à l'exception. Le maître de la parole accomplie a trouvé ses disciples. « Nous jouons notre musique et, par un malentendu, quelqu'un nous jette parfois une piécette dans notre chapeau, croyant que notre musique est quelque chose de didactique, de moral ou d'intelligent. S'il savait que c'est seulement de la musique, il passerait son chemin et garderait son argent[1]. » Mais l'homme de Montagnola savait aussi que l'artiste réclame son pourboire, que même ce qui est sien « le plus pur, le plus sincère » demande à être applaudi pour continuer à s'exprimer, et que la vie tient dans ce combat, entre le sacrifice et le défi, « entre la reconnaissance de la collectivité et la sauvegarde de sa personnalité ».
Un seul mot d'ordre dans l'œuvre de Hermann Hesse : combattre ce désir d'entrer dans le rang qui fait que chacun est irrésistiblement attiré par la litière de l'humanité. « Partout le recours au collectif, partout l'agenouillement avec la masse, partout le rejet de son destin et la fuite dans la bonne chaleur du troupeau ! » La vocation de l'homme est de se trahir, de vivre sa vie comme s'il y avait été abonné. Il ne fait rien de ses possibilités, il aspire à la mesure, à la moyenne tiède et supportable, et, à l'héroïsme de l'individu isolé il préfère la tranquillité de l'animal qui se coule dans la masse. Il avance ainsi dans les ténèbres, dans l'ignorance de soi-même, évitant de regarder les choses qu'il porte en lui et qui restent « en bas à pourrir et à se tourmenter ».
Ecce homo : il ne cherche pas son destin à l'intérieur de soi, mais il l'attend comme un événement qui viendra du dehors. Hermann Hesse se veut un guide, un moraliste, un prophète. Son humanité est celle des bannis et des condamnés, non celle des ralliés et des acquittés, car ceux qui ne s'adaptent pas au monde sont toujours proches de se trouver : « Il faut dire oui à vous-même, à votre particularité, à vos sentiments, à votre destin !... Vous pouvez trouver le chemin insupportable et vous ôter la vie... Mais échapper à votre route par une décision, en trahissant votre propre sens et votre propre sort, en vous ralliant aux gens " normaux ", cela vous ne le pouvez pas. »

(Suite au verso.)

En même temps qu'il se pose sur les pèlerins de l'Orient voyageant à la recherche du « réduit indestructible » que chacun porte en soi, le regard de Hermann Hesse s'arrête sur cette frange de l'humanité qui, sans rallier la cause des gens normaux, a déserté avant de se trouver. Ces pauvres hères livrés à la solitude et à la douleur, ce sont *Les Frères du soleil*. Ils doivent leur nom à une auberge tombée en ruine et transformée en asile de vieillards. Ils forment un « cortège de flemmards ». Ce « gibier d'hospice » apporte, s'il en était besoin, la démonstration que l'homme est l'animal le plus sauvage, le plus cruel et le plus seul qui se puisse trouver dans la nature. Un animal sauvage condamné à participer à une insipide comédie qui finit toujours en tragédie : la vie.

Les nouvelles recueillies dans *Les Frères du soleil* déclinent les cycles de la vie : des amours naissantes succèdent au récit du suicide d'un vieux serrurier qui, à l'aide de ses bretelles, se pend au gond de sa chambre; un jeune pin voisine avec un vieux hêtre; une ville dévore la forêt avant de voir la nature prendre sa revanche... Partout la même cruauté, la même solitude.

L'homme, dans ces cycles de mort et de renaissance, de destruction et de résurrection, ne vaut pas mieux qu'un ver de terre. La cruauté de la vie et l'inéluctabilité de la mort sont les seules certitudes que nous apporte Hermann Hesse. Mais ce désespoir, dit-il, est à savourer jusqu'au bout.

Linda Lê

1. Les citations sont extraites de *Lecture-Minute*, de Hermann Hesse, éd. José Corti, 1992.

HERMANN HESSE
Prix Nobel

Les Frères du Soleil

nouvelles

TRADUIT DE L'ALLEMAND PAR
HERVÉ DU CHEYRON DE BEAUMONT
ET EDMOND BEAUJON

CALMANN-LÉVY

Dans Le Livre de Poche :

NARCISSE ET GOLDMUND
LE LOUP DES STEPPES
L'ENFANCE D'UN MAGICIEN
ROSSHALDE
LE DERNIER ÉTÉ DE KLINGSOR
PETER CAMENZIND
SIDDHARTHA
DEMIAN
LE POÈTE CHINOIS
SOUVENIRS D'UN EUROPÉEN
LE VOYAGE EN ORIENT
LA CONVERSION DE CASANOVA

LES FRÈRES DU SOLEIL

Titre original de la nouvelle
IN DER ALTEN SONNE

Traduit de l'allemand par
EDMOND BEAUJON

Un coin idéal, par une douce journée de printemps, d'été, ou même au début de l'automne, lorsqu'une chaleur agréable et modérée fait apprécier une halte en plein air, c'est sans contredit le tournant largement incurvé de la route d'Allpach, juste avant les dernières maisons haut perchées de la petite ville. La bonne chaleur du soleil se concentre sur la route en lacet qui gravit la montagne, l'endroit est bien abrité, quelques vieux arbres fruitiers tout tordus dispensent un peu d'ombre et le bord de la route, une lisière gazonnée en pente douce, invite à s'asseoir ou à se coucher dans l'herbe. La petite route blanche brille dans la lumière et s'élève sans hâte vers les hauteurs, accompagnant d'un mince nuage de poussière chaque voiture de paysan, chaque landau ou chaise de poste. La vue plonge sur le versant où se pressent les toits noirâtres, dont la fuite interrompue ici et là par la cime des arbres se poursuit jusqu'au cœur de la ville, c'est-à-dire la place du marché. De cette hauteur, il est vrai, cette place perd beaucoup de son élégance : elle n'est plus qu'un quadrilatère étrangement réduit, entouré de maisons aplaties par la distance et d'où se détachent les perrons et les entrées de caves.

Quand le temps est doux et ensoleillé, cette agréable lisière au tournant de la route est invariablement occupée par un petit groupe d'hommes venus s'y reposer et dont les traits ravagés, l'expression résolue s'accordent assez mal avec leurs gestes lents et résignés. Le plus jeune d'entre eux frise pour le moins la soixantaine. Assis ou étendus à leur aise dans la bonne chaleur, ils se taisent, ou bien échangent quelques mots, bougonnent, ronchonnent, tout en fumant de courtes pipes noires, et crachant avec désinvolture vers la vallée, pour bien marquer leur mépris du monde. Si quelque compagnon en voyage vient à passer sur la route, ils le soumettent à un examen sévère, et, selon le résultat, le gratifient d'un: « Salut l'ami ! » ou gardent un silence méprisant.

L'étranger qui voyait ces vieux bonshommes installés là et qui, dans la rue voisine, se renseignait sur cet étrange congrès de flemmards, pouvait apprendre de n'importe quel enfant qu'il s'agissait des Frères du Soleil ; il ne manquait pas alors de se retourner une fois encore vers ce groupe d'hommes fatigués aux yeux clignotants sous la lumière et se demandait d'où pouvait bien leur venir un nom si imposant, si mélodieux et si poétique. Cependant l'astre auquel les Frères du Soleil devaient leur appellation ne brillait plus dans aucun ciel, et depuis fort longtemps. Le « Soleil » n'était autre que le nom d'une misérable auberge, fermée depuis de nombreuses années, et dont l'enseigne et la splendeur appartenaient au passé, car la maison servait aujourd'hui d'hospice, c'est-à-dire d'asile municipal pour les pauvres. Certes, plusieurs des pensionnaires actuels de l'hospice avaient jadis vécu sous le signe rougeoyant du « Soleil » et avaient chopiné à la table de l'auberge en attendant d'être mis en tutelle et de trouver refuge en ce même lieu.

La maisonnette, une des dernières de la rue montante et de la ville, était située tout près de ce bord de route ensoleillé. Elle paraissait affaissée et de guingois, semblait ne tenir debout qu'à grand-peine, et ne laissait rien deviner des réjouissances, des beuveries, des bons mots, des rires et des soirées fastes qu'elle avait connus, sans compter les joyeuses bagarres et les couteaux tirés. Depuis que l'ancien crépi rose de la façade, complètement passé et fendillé, se détachait par plaques, la vieille bicoque présentait un aspect parfaitement accordé à sa destination, ce qui est rare dans les constructions urbaines de notre temps. Elle donnait clairement, honnêtement à entendre qu'elle était un abri pour les traînards et les naufragés de l'existence, le triste fond d'un cul-de-sac dérisoire d'où aucun projet, aucune force cachée ne pourraient jamais plus s'élancer vers la vie.

Les Frères du Soleil étaient peu portés à la mélancolie par de telles considérations. Semblables à la plupart des hommes, ils vivaient leur vieillesse au jour le jour, comme si le temps ne comptait pas pour eux, et s'ingéniaient à faire de leurs mesquines querelles, de leurs menus plaisirs et petits jeux des occupations très importantes, de vraies affaires d'État, chacun d'eux s'appliquant à se prendre au sérieux autant qu'il le pouvait, sans observer, il est vrai, la même attitude à l'égard des autres. Depuis qu'ils s'étaient retirés des bruyantes avenues de la vie active, ils se conduisaient comme si elle commençait maintenant pour eux, et ils apportaient à leurs insignifiantes affaires quotidiennes l'âpreté, la ténacité qui avaient malheureusement le plus manqué à leurs activités précédentes. Comme beaucoup d'autres communautés, ils croyaient former une petite république où chaque citoyen libre accorde à l'autre la considération exacte que méritent son rang et sa position, tout en se montrant fort pointilleux quant à l'estime qui lui est due. Or, le directeur de l'hospice les gouvernait en monarque absolu et refusait tout droit à des êtres considérés comme à peine existants.

Les Frères du Soleil avaient encore ceci de commun avec les autres gens, qu'ils vivaient plutôt par l'imagination que dans la réalité l'essentiel de leurs destins respectifs, de leurs satisfactions, de leurs joies et de leurs souffrances. Un esprit détaché pourrait prétendre qu'après tout, la différence entre l'existence de ces déclassés et laissés pour compte et celle des bourgeois en pleine activité est purement imaginaire, car les uns et les autres attachent une haute importance à leurs faits et gestes, de sorte que, pour finir, un pauvre gibier d'hospice ne serait probablement pas en plus mauvaise posture, au regard de Dieu, que nombre de gros messieurs fort honorables. Sans aller jusque-là, on admettra volontiers que, pour l'observateur avisé, la vie de ces Frères du Soleil n'est pas un sujet indigne de réflexion.

Plus le temps approche où la génération montante oubliera l'ancien nom du « Soleil » et l'appellation de Frères du Soleil, et où les pauvres hères seront soignés autrement et en d'autres lieux, plus il devient souhaitable de posséder une histoire de la vieille maison et de ses hôtes. Pour contribuer à cette chronique, les pages qui vont suivre relateront quelques événements vécus par les premiers Frères du Soleil.

À l'époque où ceux qui sont aujourd'hui de jeunes citoyens de Gerbersau portaient encore des culottes courtes ou de petites robes, lorsqu'au-dessus de la porte d'entrée du futur hospice resplendissait encore dans la petite rue l'image du Soleil sur une plaque de tôle fixée par une tige de fer forgé à la façade au crépi rose, on vit rentrer dans sa patrie, un jour d'arrière-automne, Carl Hürlin, fils du serrurier Hürlin, autrefois établi rue de la Moutarde et mort depuis longtemps. Carl Hürlin avait dépassé la quarantaine, et personne ne le connaissait plus, car, tout jeune encore, il était parti en voyage comme compagnon serrurier et depuis lors n'avait pas reparu dans sa ville. À présent, il portait un complet impeccable, la moustache en croc, les cheveux coupés court, une chaîne de montre en argent, un chapeau melon et un faux col montant. Il alla voir d'anciennes connaissances et des collègues de jadis qui lui trouvèrent tous quelque chose de distingué, l'air d'un homme conscient de sa valeur, mais sans vanité. Puis il se rendit à la mairie, présenta ses papiers et déclara vouloir s'établir à Gerbersau. À dater de ce jour, M. Hürlin déploya une mystérieuse activité, écrivit des lettres également mystérieuses, entreprit de fréquents et courts voyages, acheta un terrain au fond de la vallée, y fit construire, à la place d'une huilerie qui avait brûlé, une maison en briques toute neuve, à côté de la maison un entrepôt, enfin, entre la maison et l'entrepôt, une immense cheminée de briques. Entre-temps, on le voyait en ville, à l'occasion de beuveries nocturnes au cours desquelles il se montrait d'abord silencieux, réservé, puis, après avoir vidé quelques verres, se mettait à discourir à voix haute et tranchante, sans dissimuler qu'il avait de l'argent plein les poches, enfin, de quoi mener la grande vie. Il traitait celui-ci de fainéant ou de tête de bois, tandis que tel autre était un génie et un brillant homme d'affaires ; quant à lui-même, il se classait dans cette dernière catégorie et assurait qu'il n'était pas dans ses intentions de s'accorder le moindre repos avant d'avoir ajouté six zéros au chiffre de sa fortune.

Les gens d'affaires auprès desquels il cherchait du crédit s'informèrent de son passé et apprirent que Hürlin n'avait jusqu'ici occupé nulle part une situation de quelque importance, qu'il avait travaillé ici et là dans des ateliers ou des usines, en dernier lieu comme gardien, mais qu'en revanche il avait hérité récemment d'une somme considérable. Donc, on le laissa faire en lui témoignant le respect qui lui était dû. Quelques personnes entreprenantes allèrent jusqu'à placer de l'argent dans ses affaires, de sorte que bientôt une usine assez importante, avec maison d'habitation, s'éleva dans la vallée : Hürlin se proposait d'y fabriquer certains cylindres et certaines pièces de machines utilisées dans l'industrie du tissage de la laine. Les commandes ne se firent pas attendre, la grande cheminée fumait nuit et jour, et, pendant quelques années, tout alla au mieux pour Hürlin et sa fabrique. Il jouissait de la considération publique et trouvait partout un crédit surabondant.

Il avait ainsi atteint son idéal, réalisé le plus cher de ses rêves. Certes, il avait déjà, au cours de ses jeunes années, tenté à plusieurs reprises de faire fortune, mais, pour la première fois, cet héritage presque inattendu l'avait mis à l'aise et en mesure de mener à chef ses vieux projets téméraires. D'ailleurs, la richesse ne constituait pas son seul objectif : toute sa vie, son vœu le plus ardent avait été d'occuper un poste de commande, une situation élevée. Il eût été tout aussi bien dans son élément comme chef indien, conseiller de gouvernement ou gendarme à cheval ; cependant, la vie d'un propriétaire d'usine lui semblait à la fois plus confortable et plus magnifique. Se tenir debout à la fenêtre ou assis à son bureau, un cigare au coin de la bouche, le visage souriant quoique soucieux, donner des ordres dans toutes les directions, signer des contrats, examiner des propositions et des requêtes, combiner un air de satisfaction détendue avec l'expression crispée de l'homme accablé de besogne, se montrer tantôt sévère, inaccessible, tantôt affable et condescendant, sentir, en toute circonstance, qu'il était un type vraiment fort et que beaucoup de choses dans le monde dépendaient de lui, c'était là son talent, auquel on rendait bien tardivement justice. Désormais, il disposait largement de tous ces avantages. Il pouvait faire ce qu'il voulait, engager du personnel ou le congédier, soupirer de satisfaction en pensant aux soucis que donne la richesse, susciter l'envie de bien des gens. Il profitait de tout cela en connaisseur et en jouissait avec passion. Il se laissait doucement bercer par le bonheur et se sentait enfin placé par la destinée dans la situation qui lui revenait de droit.

Entre-temps, un concurrent avait fait une nouvelle invention, qui, aussitôt répandue, eut pour conséquence de rendre inutiles ou moins chères plusieurs des pièces antérieurement fabriquées. Comme Hürlin n'était pas précisément un génie, bien qu'il affirmât le contraire et ne maîtrisât que la partie extérieure de son métier, il s'enfonça d'abord lentement, puis de plus en plus vite, de sorte qu'à la fin il lui fut impossible de cacher qu'il était au bord de la faillite. Dans son désespoir, il essaya encore de quelques expédients qui le précipitèrent, lui-même et de nombreux créanciers, dans une banqueroute frauduleuse. Il prit la fuite, fut arrêté, jugé, incarcéré, et, lorsque après plusieurs années de détention, il reparut en ville, ce n'était plus qu'un homme diminué et sans forces, dont on ne pouvait plus rien faire.

Pendant quelque temps, il se résigna à d'obscures besognes. Au cours de la période angoissée où il voyait le krach approcher, il s'était déjà mis à boire clandestinement, et l'habitude autrefois secrète et peu visible devint un scandale public. Renvoyé d'une misérable place de secrétaire où il avait fait preuve d'incapacité, il se fit agent d'une compagnie d'assurances, et se laissa dériver de cabaret en cabaret à travers tout le pays, si bien qu'il fut à nouveau chassé de cet emploi. Enfin, ayant essayé d'un colportage d'allumettes et de crayons qui ne lui rapporta rien, il tomba à la charge de la commune. Ces années de misère l'avaient rapidement transformé en un très vieil homme, vraiment pitoyable, mais il avait gardé de sa splendeur disparue toute une réserve de menus artifices et d'attitudes extérieures qui l'aidèrent à passer le moment le plus dur et produisaient encore un certain effet dans de minables auberges, où il déployait une gesticulation entraînante, une grandiloquence intarissable qui, depuis longtemps, n'étaient plus chez lui qu'ostentation. Il pouvait néanmoins compter là-dessus pour jouir de la considération générale parmi la racaille de la petite ville.

Autrefois, il n'existait à Gerbersau aucun asile pour les pauvres, et les gens qui n'étaient plus bons à rien étaient placés ici et là dans des familles contre un léger dédommagement fourni par la caisse municipale. Ces familles leur procuraient le nécessaire, et, selon les possibilités, les employaient à de menus travaux domestiques. Comme, ces temps derniers, il en était résulté toutes sortes d'ennuis et que personne ne voulait prendre chez soi le fabricant déchu, pris en haine par la population, la commune se vit obligée d'ouvrir un asile dans une maison réservée à cet effet. Et comme la vieille Auberge du Soleil allait être démolie, la municipalité en fit l'acquisition, et à côté d'un directeur, y installa Hürlin, qui en fut le premier pensionnaire, suivi bientôt de plusieurs autres. On les appela les Frères du Soleil.

Hürlin avait eu de longue date des accointances avec le « Soleil », car, depuis son déclin, il avait fréquenté des cabarets de plus en plus mesquins et misérables pour s'en tenir finalement à l'auberge du Soleil dont il devint l'un des habitués et où il s'attablait avec de nombreux copains pour l'eau-de-vie du soir. Plus tard, ceux-ci, quand l'heure aurait sonné pour eux, devaient le rejoindre dans cette même maison pour y vivre avec lui en camarades d'hospice et pauvres assistés. Hürlin se réjouissait de venir habiter là, et pendant les jours qui suivirent la vente aux enchères, tandis que le charpentier et le menuisier se hâtaient de transformer modestement l'ancien café en vue de sa destination nouvelle, il se tenait là, du matin au soir, à bayer aux corneilles.

Par une douce matinée ensoleillée, il se trouvait à son poste, à côté de l'entrée, surveillant le travail des ouvriers à l'intérieur du bâtiment. Ce spectacle le fascinait et le rendait si joyeux qu'il supportait sans trop de peine les remarques désobligeantes des travailleurs, se contentant de faire le poing dans les poches de son veston crasseux, tandis que le pantalon beaucoup trop long et large qu'on lui avait donné se creusait de plis en spirale et faisait ressembler ses jambes à des tire-bouchons. La perspective de son entrée dans la nouvelle taule, dont il attendait une plus belle et plus confortable existence, le remplissait de curiosité et d'appréhension.

Tandis qu'il assistait à la pose du nouvel escalier et qu'il évaluait mentalement les minces planches de sapin, il se sentit tout à coup poussé de côté, et, se retournant vers la rue, il vit derrière lui un compagnon serrurier, muni d'une grande échelle double qu'il s'efforçait de caler sur la chaussée en pente au moyen de morceaux de bois. Hürlin se retira de l'autre côté de la rue, s'appuya contre la borne d'angle et suivit avec une grande attention les gestes du serrurier. Celui-ci, ayant dressé et assuré son échelle y monta et se mit à gratter le mortier au-dessus de la porte d'entrée, afin d'enlever la vieille enseigne de l'auberge. L'ex-fabricant prenait un intérêt passionné à ce travail, qui éveillait aussi sa nostalgie des temps anciens et des heures passées à vider force chopes et verres d'eau-de-vie sous cet emblème. Il était tout heureux de constater que le bras en fer forgé de l'enseigne était solidement fiché dans le mur, et que l'homme devait déployer tous ses efforts pour l'en extraire. Quelles impayables parties de rire s'étaient déroulées sous cette pauvre enseigne ! Quand l'ouvrier se mit à jurer et, au moment où, couvert de sueur, il faillit tomber de son échelle à force de tirer sur la barre, de la tordre et de la tourner en tous sens, Hürlin ne put cacher sa satisfaction. L'ouvrier s'en alla, et quand il revint au bout d'un quart d'heure avec une scie à métaux, Hürlin comprit que c'en était fait du vénérable ornement. La scie attaqua en sifflant la robuste tige de fer et, en quelques instants, elle s'inclina piteusement vers le bas, puis s'abattit avec l'enseigne qui résonna toute vibrante sur le pavé.

Hürlin s'approcha. « Dis donc, serrurier, demanda-t-il humblement, donne-moi ça ! De toute façon, ça ne vaut plus rien.

— Et pourquoi ? Qui es-tu ? grogna l'autre.

— Je suis de la même corporation que toi, implora Hürlin, mon vieux était serrurier et je l'ai été moi aussi. Sois gentil, donne-moi ça ! »

Le compagnon avait ramassé l'objet et l'examinait. « La tige est encore bonne, décida-t-il. Ce n'était pas mal fait pour l'époque. Mais si tu veux la partie en fer-blanc, ça ne vaut plus rien. »

Il détacha la couronne de feuilles métalliques peintes en vert au centre de laquelle le soleil d'or était accroché par ses rayons tout cabossés, aux tons vaguement cuivrés, et la lui donna. Le vieux le remercia et s'enfuit avec son butin qu'il alla cacher un peu au-dessus de la maison sous un épais buisson de sureau, pour le soustraire à la cupidité et à la curiosité étrangères. Ainsi le paladin, après une bataille perdue ensevelit-il les insignes de sa seigneurie, afin de les sauvegarder en vue de jours meilleurs et d'une gloire retrouvée.

Peu de jours après eut lieu, sans cérémonie, l'inauguration du nouvel asile, par ailleurs pauvrement aménagé. On s'était procuré quelques lits, la vente aux enchères avait fourni le reste. En outre, un bienfaiteur avait offert et fait placer dans chacune des trois chambres à coucher une pancarte avec un verset de la Bible entouré d'une guirlande de fleurs peintes. Peu de candidats s'étaient inscrits pour le poste de directeur de l'établissement, et le choix s'était aussitôt porté sur M. Andreas Sauberle, un veuf dont la profession était de tricoter la laine. Il prit avec lui son métier à tricoter et poursuivit son affaire, car sa nouvelle fonction était chichement rétribuée. D'autre part, il n'avait aucune envie de devenir lui-même, sur ses vieux jours, un Frère du Soleil.

Quand le vieil Hürlin eut pris possession de sa chambre, il la soumit aussitôt à un examen détaillé. Il découvrit que la fenêtre donnait sur une petite cour, qu'il y avait deux portes, un lit, un bahut, deux chaises, un vase de nuit, un balai, un torchon à poussière. Plus loin, une étagère d'angle recouverte de toile cirée sur laquelle se trouvaient un verre à eau, une cuvette de fer-blanc, une brosse à habits et un Nouveau Testament. Il palpa la literie de gros drap, essaya la brosse sur son chapeau, inspecta le verre et la cuvette en les élevant à la lumière du jour, s'assit sur chacune des deux chaises pour les éprouver et trouva que tout était en ordre et satisfaisant. La seule chose qui ne fût pas de son goût, c'était la belle sentence biblique ornée de fleurs. Il la contempla un instant d'un œil ironique en lisant ces mots: « Enfants, aimez-vous les uns les autres ! » et, mécontent, secoua sa tête hirsute. Puis il arracha le carton et suspendit à sa place, avec le plus grand soin, la vieille enseigne du « Soleil », la seule pièce de valeur qu'il eût apportée dans son nouveau logement. Au même instant, le directeur entra dans la chambre et lui intima rudement l'ordre de remettre le verset biblique à sa place. Il s'apprêtait à emporter l'enseigne pour la jeter au rebut quand Carl Hürlin se saisit de l'objet avec une rage contenue, protestant à grands cris qu'il en était le légitime propriétaire. Après cette scène, il cacha en maugréant le trophée sous son lit.

L'existence qui commença les jours suivants ne répondit pas tout à fait à son attente et lui déplut d'abord nettement. Il devait se lever chaque matin à sept heures et prendre le café dans la chambre du tricoteur, puis il fallait faire le lit, nettoyer la cuvette, brosser les bottes, ranger soigneusement la chambre. À dix heures, on recevait une tranche de pain noir et il fallait se mettre au travail réglementaire qui lui faisait toujours un peu peur. De grosses bûches de hêtre avaient été déchargées en masse dans la cour; il s'agissait de les scier et de les fendre.

Comme l'hiver était encore éloigné, Hürlin ne se pressait guère à la besogne. Avec lenteur et circonspection, il plaçait une bûche sur le billot, l'ajustait soigneusement, sans omettre aucun détail préparatoire, réfléchissant un moment pour déterminer à quel endroit la scie devrait l'attaquer, à droite, à gauche ou au milieu. Puis il approchait précautionneusement son outil, l'éloignait encore une fois, crachait dans ses mains, reprenait la scie, entaillait le bois en trois ou quatre coups jusqu'à une profondeur d'un doigt, retirait la scie, l'examinait dans le plus petit détail, donnait un tour à la corde, palpait la lame, l'inclinait un peu, la tenait longuement devant lui en clignant des yeux, soupirait profondément et prenait un instant de repos. Là-dessus, il se remettait à l'ouvrage, faisait une avance d'un demi-pouce dans la pièce de bois, mais alors, il commençait à avoir horriblement chaud et devait enlever son veston. Il s'y prenait sans hâte et de manière réfléchie, cherchait un bon moment un endroit propre et sûr pour déposer le veston. Quand il avait enfin trouvé, il recommençait à scier, peu de temps toutefois, car le soleil apparaissait au-dessus du toit et l'atteignait en plein visage. Il lui fallait alors transporter l'un après l'autre à un endroit encore ombragé le billot, la bûche et la scie. Cela le mettait en sueur et il avait besoin de son mouchoir pour s'éponger le front, mais le mouchoir était introuvable et il se rappelait tout à coup l'avoir mis dans la poche de son veston, ce qui l'obligeait à aller jusqu'à l'endroit où il l'avait déposé. Il dépliait le vêtement avec soin, y cherchait et trouvait le mouchoir à carreaux, s'essuyait le front, en profitait pour se moucher, remettait le mouchoir dans la poche, repliait attentivement le veston et retournait rafraîchi à son billot. Là, il s'avisait qu'il avait fixé la lame de la scie un peu trop en oblique, ce qui nécessitait un nouveau réglage prolongé, et finalement il venait à bout de la bûche en gémissant très fort. À ce moment les douze coups de midi sonnaient au clocher, il endossait alors sa veste à la hâte, rangeait la scie et rentrait à la maison pour le repas.

« Toujours ponctuel ! Je dois vous reconnaître cette qualité... », dit le tricoteur. La femme de charge apporta la soupe, puis il y eut du chou frisé avec une tranche de lard. Hürlin se servit copieusement. Après le déjeuner, il aurait dû se remettre au sciage, mais il s'y refusa énergiquement.

« Je ne suis pas habitué à cela, dit-il, indigné, et sans bouger de sa place. Je suis mort de fatigue et je dois maintenant me reposer. »

Le tricoteur haussa les épaules et déclara : « Comme vous voudrez, mais celui qui ne fait rien n'aura pas de goûter. À quatre heures, si vous avez scié, il y aura du cidre et du pain. Autrement, plus rien jusqu'à la soupe du soir. »

Du cidre et du pain, se dit Hürlin, qui se sentit profondément perplexe. Il descendit pourtant dans la cour, alla chercher la scie, mais l'idée de travailler pendant les heures les plus chaudes de la journée l'horripilait, et il laissa là ses bûches ; il sortit dans la rue, trouva un bout de cigare sur le pavé, l'ajusta à ses lèvres et fit lentement les cinquante pas qui le séparaient du tournant de la route où il s'arrêta pour souffler et s'asseoir en retrait sur le gazon délicieusement ensoleillé. Au-dessous de lui, il voyait les toits serrés les uns contre les autres et la place du marché. Il pouvait aussi apercevoir au fond de la vallée son ancienne usine, de sorte qu'il inaugurait, comme premier Frère du Soleil, cette place où, depuis lors et jusqu'à nos jours tant de ses camarades et de ses successeurs ont siégé pendant les après-midi d'été, et bien souvent aussi le matin et le soir.

L'espoir d'une vieillesse tranquille, exempte de soucis et de tourments qu'il avait attendue de son séjour à l'hospice et dont la perspective s'était dissipée comme une belle illusion au cours de son travail harassant du matin, voici que cet espoir devenait peu à peu réalité. Pénétré des sentiments de celui qui se sait assuré pour le restant de sa vie contre le souci du lendemain, contre la faim et le froid, il restait là, dans l'herbe, à paresser doucement, à sentir la bonne chaleur du soleil sur sa peau parcheminée, à survoler du regard le lointain théâtre de ses entreprises passées, de son labeur et de ses tribulations et attendait patiemment qu'un passant survînt, auquel il demanderait du feu pour allumer son bout de cigare. Le martèlement strident qui provenait d'un atelier de ferblantier, les coups assourdis frappés sur l'enclume d'une forge, le léger crissement d'un fardier dans le lointain s'élevaient jusqu'à lui, mêlés à des traînées de poussière et à la mince fumée s'échappant des nombreuses cheminées, petites et grandes, tout cela démontrait qu'en bas, dans la ville, on maniait courageusement le marteau et la lime, on travaillait à la sueur de son front pendant que Carl Hürlin trônait là-haut, à bonne distance de ces grossières besognes.

À quatre heures, il pénétra doucement dans la chambre du directeur qui manœuvrait en mesure, d'un côté puis de l'autre, le levier de sa petite machine à tricoter. Il attendit un peu, dans l'espoir que pour finir, on lui donnerait quand même son cidre et son pain, mais le tricoteur se moqua de lui et l'envoya paître.

Désappointé, il regagna sa retraite en grognant, passa une heure ou même davantage à somnoler et regarda tomber le soir dans l'étroite vallée. Sur la hauteur où il se trouvait, il faisait encore aussi chaud que dans l'après-midi, mais son impression de bien-être l'abandonna peu à peu, car, en dépit de sa paresse, l'ennui l'accablait, et ses pensées revenaient incessamment au goûter qui lui avait échappé. Il voyait un grand verre de cidre posé devant lui, doré et brillant, d'où montait une odeur à la fois âpre et douce. Il imaginait qu'il prenait dans sa main ce verre arrondi et bien frais, qu'il le portait à ses lèvres et avalait d'abord une grosse gorgée, puis dégustait lentement le reste, à petits coups. Il soupira, furieux de n'avoir fait qu'un beau rêve et toute sa colère retomba sur le peu charitable directeur, ce fabricant de tricots, ce misérable grippe-sou, cet exploiteur, ce trafiquant d'âmes, ce juif venimeux. Quand il eut tempêté tout son soûl, il commença à s'apitoyer sur lui-même, se mit à pleurnicher et finalement, prit la résolution de travailler le lendemain matin.

Il ne voyait pas la vallée pâlissante se combler d'ombres légères, les nuages rosir, le ciel vespéral se colorer doucement, les montagnes lointaines se couvrir mystérieusement d'une teinte bleue, non, il voyait seulement le verre de cidre dont il avait été privé, la besogne inéluctable qui l'attendait le jour suivant et la dureté de son sort. Il retombait dans des pensées de ce genre chaque fois qu'il passait un jour entier sans boire. Et si un verre de gnôle lui était servi maintenant ? Il n'osait pas y penser.

La tête basse et le cœur gros, il redescendit à l'hospice pour le repas du soir et se mit à table de mauvaise humeur. Il y avait de la soupe, du pain et des oignons.

Il vida son assiette, l'air farouche, mais il n'y avait rien à boire. Le repas achevé, il resta sur sa chaise, livré à lui-même, sans savoir qu'entreprendre. Rien à boire, rien à fumer, rien à discuter. Sous la lampe, le tricoteur s'affairait à sa besogne, sans s'inquiéter de Hürlin, qui demeura une demi-heure devant la table desservie, à écouter la machine de Sauberle faire son bruit monotone, à regarder la flamme jaune de la lampe à suspension, abîmé dans le mécontentement, le regret, l'envie, la colère et la méchanceté, sans trouver ni chercher aucune issue à cette situation. Enfin, sa rage silencieuse et son désespoir furent les plus forts. Levant le bras très haut, il assena un retentissant coup de poing sur la table et s'écria : « Nom de Dieu de sacré tonnerre de saloperie !

– Holà ! s'exclama le tricoteur en accourant. Qu'est-ce qui se passe encore ? Je ne veux pas de jurons chez moi ! »

– Par le sacré nom du diable, qu'est-ce qu'on peut bien faire ici ?

– Aha ! C'est l'ennui qui vous travaille ? Vous devriez aller vous coucher.

– Quoi ? Toujours la même chose. À ces heures, c'est les mioches qu'on envoie au lit, pas moi.

– Eh bien, je vais vous chercher un petit travail.

– Un travail ? Merci pour la corvée, espèce de marchand d'esclaves !

– Oh ! là ! là ! un peu de sang-froid ! Lisez donc quelque chose ! »

Il alla prendre quelques livres sur l'étagère maigrement garnie qui était fixée à la paroi et retourna à sa besogne. Hürlin n'éprouvait pas la moindre envie de lire. Il prit néanmoins l'une des publications déposées sur la table et l'ouvrit. C'était un almanach dont il se mit à regarder les images. Sur la page de couverture, on voyait une figure idéale de femme ou de jeune fille fantastiquement parée, les pieds nus et la chevelure dénouée. Hürlin se souvint aussitôt qu'il avait sur lui un reste de crayon. L'ayant tiré de sa poche, il l'humecta puis dessina deux gros seins arrondis qui sortaient du corsage de la donzelle, paracheva son œuvre en mouillant à chaque trait son crayon jusqu'à ce que le papier s'amincît et menaçât de se déchirer. Il tourna la page et constata avec satisfaction que son dessin s'était imprimé sur plusieurs autres feuillets où il était parfaitement visible. L'image sur laquelle il tomba ensuite illustrait un conte de fées et représentait un génie ou un ogre au regard méchant, qui exhibait une moustache en croc très belliqueuse et tenait son énorme gueule ouverte. Avidement, le vieux humecta son crayon et écrivit ces mots à côté du monstre, en grosses lettres bien distinctes : « Portrait du tricoteur Sauberle, directeur. »

Il se promit de surcharger éventuellement toutes les illustrations de l'almanach et de le cochonner à son aise. Mais la reproduction suivante le fascina si bien qu'il en oublia son projet. Elle représentait l'explosion d'une usine et l'image consistait presque uniquement en un immense cône de vapeur et de flammes autour et au-dessus duquel étaient projetés pêle-mêle des corps humains, entiers ou coupés en deux, des pans de mur, des poutres, des tuiles et des lattes. Pris par ce spectacle, il ne put s'empêcher d'imaginer toute l'histoire et surtout de se représenter ce que pouvaient ressentir, à l'instant de l'explosion, ceux qu'elle propulsait dans les airs. Médusé et heureux à la fois, il resta longtemps sous le coup de cette vision.

Lorsqu'il eut épuisé les ressources de son imagination sur cette excitante image, il feuilleta plus avant et découvrit bientôt une petite gravure qui le captiva de nouveau, mais d'une tout autre façon. Le tableau était paisible et charmant : on voyait une tonnelle feuillue à la plus haute branche de laquelle était accroché un insigne de cafetier en forme d'étoile, et sur cette étoile était perché un oiseau, le bec ouvert et la gorge toute gonflée par le trille qu'il était en train de lancer. Sous le berceau de verdure, on apercevait quelques jeunes gens autour d'une table de jardin, étudiants ou apprentis en voyage, qui échangeaient de joyeux propos et vidaient de bonnes bouteilles. À côté d'eux, sur le bord de la gravure, on voyait se détacher contre le ciel un château fort en ruine, flanqué de tours et d'une porte monumentale ; à l'arrière-plan, un beau paysage se perdait à l'horizon, peut-être la vallée du Rhin avec son fleuve, ses bateaux, et, dans le lointain, des chaînes de montagnes à peine indiquées. Les buveurs étaient très jeunes : imberbes ou barbus, c'étaient des gens sympathiques, aimables et pleins de gaieté, et qui, manifestement, buvaient à l'amitié et à l'amour, au vieux Rhin et à la gloire de Dieu sous l'azur du ciel estival.

Pour celui qui la contemplait en solitaire morose, cette gravure évoquait avant tout les belles années où il pouvait encore se payer à boire, les innombrables verres et coupes d'excellent vin qu'il avait dégustés autrefois. Mais il dut s'avouer qu'il ne s'était jamais senti aussi heureux et le cœur aussi léger que ces jeunes buveurs, non, pas même au cours de ses aventureuses années de voyage, lorsqu'il avait couru le monde en qualité de compagnon serrurier. Cette gaieté des beaux jours sous la tonnelle, ces clairs et joyeux visages le rendaient triste et le mettaient en colère. Il se demandait si tout cela n'était pas une invention de l'artiste, un embellissement et un mensonge, ou bien s'il existait réellement des endroits de ce genre et des jeunes aussi sympathiques, aussi gais, aussi insouciants que ceux-là. À les voir si allègres, il se sentait plein d'envie et de regrets et plus il les regardait, plus il avait l'impression d'apercevoir pour un instant, à travers une étroite fenêtre, un autre monde, un pays plus beau, une humanité plus libre et meilleure que tout ce qu'il avait rencontré dans sa vie. Il ne savait pas dans quel royaume étrange il aventurait son regard, ni qu'il éprouvait ce genre de sensation particulier à ceux qui lisent des poèmes. Savourer de tels sentiments, y trouver de la douceur, il en était tout à fait incapable, aussi il ferma brusquement le livre, le jeta rageusement sur la table, grogna un « bonne nuit » indigné et monta dans sa chambre où la clarté de la lune se répandait sur le lit, le sol et le bahut en jetant un reflet dans l'eau de la cuvette. Le profond silence qui régnait déjà à cette heure peu tardive, le clair de lune, le vide de cette chambre trop vaste pour sa fonction de simple logis nocturne, éveillèrent chez le vieux butor un sentiment d'intolérable solitude auquel il ne put échapper que dans le pays du sommeil où il entra enfin après beaucoup de murmures et de malédictions proférées à voix basse.

Il y eut alors des jours de sciage où il obtenait sa ration de cidre et de pain, alternant avec des jours de paresse et de privation. Il allait souvent s'asseoir là-haut, près de la route, plein d'amertume, accablé par ses mauvaises pensées. Il crachait en direction de la ville et son cœur débordait de rancune et d'aigreur. Il n'éprouvait plus cette impression d'être au port et en sécurité qu'il avait tant désiré connaître, il se considérait maintenant comme vendu, trahi, faisait des scènes violentes au tricoteur ou remâchait son sentiment d'abandon, de tristesse et d'ennui.

Sur ces entrefaites, le terme d'un des pensionnaires placés en ville par l'assistance publique, expira, et, un beau jour, on vit arriver au « Soleil » un nouvel hôte, l'ex-cordier Lucas Heller.

Alors que ses mauvaises affaires avaient entraîné Hürlin à la boisson, l'inverse s'était produit pour le dénommé Heller. À la différence de Hürlin, il n'était pas tombé tout à coup du haut de sa prospérité, mais l'ivrognerie que son excellente femme avait énergiquement combattue sans réussir à le sauver avait fait de lui, par degrés insensibles, un gueux immodeste, de modeste artisan qu'il était autrefois. Qui plus est, ce fut sa femme, apparemment beaucoup plus vigoureuse que lui, qui succomba dans cette lutte inutile. Elle était morte depuis longtemps, alors que son homme, qui n'était plus bon à rien, jouissait d'une santé de fer. Naturellement, il était convaincu qu'un incroyable guignon l'avait poursuivi non seulement dans son mariage mais dans son métier, et que ses dons, aussi bien que les résultats de son travail, auraient dû lui valoir un sort tout différent.

C'est dans un état d'extrême impatience que Hürlin avait attendu l'arrivée de cet homme, car la solitude, en fin de compte, lui devenait insupportable. Cependant, Heller une fois installé, le fabricant prit ses distances et ne lui fit guère d'ouvertures. Il se montra même furieux à l'idée de partager sa chambre avec lui, alors qu'il s'en réjouissait secrètement.

Après la soupe du soir, comme son camarade gardait un silence obstiné, le cordier prit un livre et commença à lire. Hürlin était assis en face de lui et l'observait avec méfiance. À un certain moment, le lecteur tomba sur un passage amusant qui le fit rire, et l'autre eut grande envie de l'interroger pour lui demander la cause de son hilarité. Mais lorsque au même instant Heller leva les yeux, visiblement disposé à raconter la bonne blague, Hürlin fit aussitôt grise mine et se donna l'air d'être totalement absorbé dans la contemplation d'une mouche qui se promenait sur la table.

Toute la soirée, ils demeurèrent ainsi, face à face sur leurs sièges. Le cordier lisait, risquait de temps à autre un coup d'œil invitant à la causerie, tandis que l'autre ne cessait de l'observer et détournait fièrement le regard chaque fois que son camarade lui faisait une avance. Quant au tricoteur, il travailla assidûment toute la soirée. Hürlin ne démordit pas de sa mimique, bien qu'il fût enchanté, à vrai dire, de n'avoir plus à dormir seul dans sa chambre. Au coup de dix heures, le directeur déclara : « Ce serait le moment d'aller vous coucher, vous deux ! » S'étant levés, ils montèrent dans leur chambre.

Tandis que les deux bonshommes se déshabillaient lentement, un peu gênés, dans la demi-obscurité de la chambre, Hürlin jugea le moment venu de tenter un dialogue qui lui permettrait d'y voir plus clair sur ce camarade si longtemps souhaité, qui devait loger sous le même toit que lui et partager ses souffrances.

« Alors, on est deux, à présent, commença-t-il en jetant son gilet sur une chaise.

– Oui, répondit Heller.

– C'est une sale boîte, ici, reprit l'autre.

– Ah oui ? Tu en es sûr ?

– Si j'en suis sûr ! Maintenant, il s'agit de s'arranger pour vivre ici, je te dis, et tout de suite, parfaitement !

– Dis donc, demanda Heller, est-ce que tu enlèves ta chemise pour la nuit, ou bien tu la gardes ?

– En été, je l'enlève. »

Heller retira sa chemise et se coucha tout nu dans son lit en le faisant craquer, puis se mit à respirer bruyamment. Mais Hürlin voulait en savoir davantage.

« Tu dors déjà, Heller ?

– Non.

– Oh, il n'y a rien qui presse. Alors, tu fabriques des cordes ?

– J'en ai fabriqué, oui. J'ai été maître cordier.

– Et maintenant ?

– Et maintenant, fiche-moi la paix avec tes questions idiotes.

– Oh ! là ! là ! Quelle soupe au lait ! Mais, vieux fou, tu peux bien avoir été maître, ça ne compte plus depuis longtemps. Moi, j'ai été fabricant, oui, fabricant. Compris ?

– Inutile de crier si fort, je le sais depuis longtemps. Et après, qu'est-ce que tu as fabriqué ?

– Comment après ?

– Belle question ! Je veux dire en prison. »

Hürlin eut un rire bêlant :

« Tu m'as tout l'air d'un bigot, d'un marchand d'alléluias.

– Moi ? Il ne manquerait plus que ça ! Je ne suis pas un bigot, mais je n'ai jamais été en prison.

– Ça n'aurait pas été ta place. Dans une prison, il y a surtout des messieurs très bien.

– Pardieu ! Des messieurs distingués comme toi. Pour sûr, je me serais gêné devant eux.

– Chacun parle comme il comprend ou ne comprend pas.

– Oui, c'est aussi mon avis.

– Alors, tâche de comprendre, toi ! Pourquoi as-tu abandonné la corderie ?

– Laisse-moi tranquille ! Le métier avait du bon, mais le diable s'en est mêlé. C'est la faute de ma femme.

– Ta femme ? Elle buvait ?

– Il n'aurait plus manqué que ça ! Non, c'est moi qui buvais, comme il se doit, ce n'est pas elle. Mais elle a eu tort.

– Ah ! Qu'est-ce qu'elle a fait ?

– Assez de questions !

– Tu as des enfants ?

– Un fils. En Amérique.

– Il a bien raison. Il est mieux loti que nous.

– Si. Seulement il m'écrit pour me demander de l'argent, la canaille ! Il s'est marié. Au moment de son départ, je lui ai dit : “ Bonne chance, Freddy, tiens-toi en santé, fréquente qui tu voudras, mais si tu te maries, toutes les misères vont te tomber dessus. " Maintenant, ça y est. Et toi, tu n'as pas eu de femme ?

– Non. Tu sais, on peut avoir de la poisse sans être marié, tu ne crois pas ?

– Pour ça, on est d'accord. Mais moi, je serais encore maître cordier aujourd'hui si ma femme n'avait pas existé.

– Ma foi…

– Qu'est-ce que tu dis ? »

Hürlin se tut et feignit de dormir. Quelque chose l'avertissait que le cordier, une fois lancé sur le chapitre de sa femme, serait intarissable.

« Dors seulement, vieille bûche ! » cria Heller, sans se laisser provoquer, puis il fit semblant de respirer profondément quelques minutes encore, jusqu'à ce qu'il s'endormît pour de bon.

À soixante ans, le cordier avait le sommeil plus léger que son camarade et il se réveilla le premier le lendemain matin. Il resta étendu une demi-heure encore, à regarder fixement le plafond. Puis il se glissa hors de son lit aussi doucement qu'une brise matinale, lui si pesant et si raide en temps ordinaire, marcha sur la pointe des pieds et sans être entendu jusqu'à l'endroit où reposait Hürlin et se mit à fouiller ses vêtements déposés sur la chaise. Il les inspecta soigneusement, ne trouva rien qu'un bout de crayon dans la poche du gilet, le prit et le garda pour lui. En s'aidant de ses deux pouces, il agrandit d'appréciable façon le trou qui béait dans l'une des chaussettes de son camarade, puis, à pas de loup, il alla se remettre au chaud dans son lit et ne bougea plus jusqu'au moment où Hürlin, déjà levé, lui aspergea le visage d'un peu d'eau froide. Alors il sauta lestement du lit, enfila son pantalon et souhaita le bonjour. Il prenait son temps pour s'habiller, et quand le fabricant lui dit de se dépêcher, il répondit tranquillement : « Va toujours, je viens. » L'autre s'en alla ; Heller respira, soulagé. D'un geste rapide, il saisit la cuvette, et, par la fenêtre, vida dans la cour l'eau propre qu'elle contenait, car l'idée de se laver lui répugnait profondément. Une fois qu'il eut échappé à cette pratique détestable, il acheva de s'habiller en un clin d'œil et se hâta vers le café du matin. Sans se presser, et en s'accordant bien sûr de larges pauses pour bavarder, ils firent les lits, rangèrent la chambre et brossèrent leurs bottes. Le fabricant s'aperçut que, faites à deux, ces besognes étaient moins rebutantes et plus faciles que lorsqu'il était seul à s'en acquitter. Même le travail qui l'attendait inexorablement lui inspirait aujourd'hui un peu moins de crainte que d'habitude et ce fut avec une mine presque réjouie qu'il obéit à l'injonction du directeur et descendit, non sans hésitation, dans la petite cour en compagnie du cordier.

Malgré les énergiques remontrances du tricoteur et sa lutte quotidienne contre la mauvaise volonté de son pensionnaire, le changement était à peine perceptible dans la provision de bois, après quelques semaines de travail. Le tas semblait toujours aussi haut et aussi large qu'auparavant et la faible quantité de rondins sciés, à peine deux douzaines, jetés dans un coin de la petite cour, faisait plutôt penser au travail entrepris par un enfant pour s'amuser, et qu'il abandonne selon l'humeur du moment.

Désormais, les deux vieux devaient poursuivre ensemble le sciage ; comme ils ne disposaient que d'un seul billot et d'une seule scie, il s'agissait de s'entendre et de s'accommoder l'un de l'autre. Après quelques gesticulations préparatoires, quelques soupirs et commentaires, ils firent un suprême effort sur eux-mêmes pour prendre l'affaire en main. Hélas ! Il apparut bientôt que les belles espérances de Hürlin n'étaient qu'un rêve trompeur, car ils avaient à peine commencé que se manifesta, entre leurs méthodes de travail, une profonde, une essentielle contradiction.

Chacun d'eux avait sa façon particulière d'agir. Chez l'un et l'autre, à côté d'une paresse innée, subsistait un reste de conscience qui les exhortait timidement à faire preuve d'application. Tout au moins voulaient-ils, non pas travailler réellement, mais se donner à eux-mêmes l'impression qu'ils pouvaient encore être utiles à quelque chose. Leurs efforts en ce sens se traduisaient de deux manières absolument opposées et une divergence inattendue de tempérament et de goût se révéla entre ces deux êtres détériorés que le destin avait réunis dans une apparente fraternité.

Chez Hürlin, la méthode consistait à produire un résultat presque nul tout en déployant une grande activité, fictive ou réelle. Un simple geste devenait chez lui une manœuvre hautement compliquée, où le moindre mouvement s'accompagnait d'un *ritardando* bien calculé. De plus, il trouvait toujours moyen d'exécuter, entre deux mouvements, une série d'actes intermédiaires, inutiles et reposants, par exemple entre le geste de prendre la scie et celui de l'appliquer sur le bois, de sorte qu'il était toujours occupé à se tenir, grâce à ces futilités, à une distance respectable du travail proprement dit. Il ressemblait au condamné, qui, au dernier moment, s'avise encore de quelque affaire à régler, d'une chose ou d'une autre qu'il ne doit pas oublier de faire, avant de se rendre au lieu où il devra subir l'inévitable. Grâce à cette méthode, Hürlin parvenait à occuper réellement les heures de travail réglementaire par une activité ininterrompue qui le faisait même suer comme un honnête manœuvre sans qu'il accomplît rien qui méritât le nom de travail.

Il avait espéré que Heller comprendrait les avantages de ce système original et pratique et qu'il le soutiendrait dans son application : sur ce point, Hürlin fut totalement déçu. En effet, le cordier suivait la méthode opposée, qui correspondait à son tempérament. Avec une énergie convulsive, il se mettait dans un état de fureur qui le faisait écumer, se ruait au travail comme s'il bravait la mort et se démenait, ruisselant de sueur, au milieu d'un tourbillon de copeaux envolés. Cette frénésie ne durait que quelques minutes, puis il se sentait épuisé ; la conscience tranquille, il se reposait, effondré jusqu'au moment où, l'accès le reprenant, il sévissait à nouveau et dissipait sa rage en abattant la besogne. Quant au résultat, il ne dépassait guère celui auquel atteignait le fabricant.

Dans ces circonstances, il était fatal qu'ils fussent l'un pour l'autre un redoutable obstacle et une cause de scandale. Heller s'y prenait de telle sorte que sa violence, sa hâte, sa manière de procéder par à-coups suscitaient une profonde aversion chez le fabricant, dont la minutie retardatrice, toujours la même, exaspérait d'autre part son collègue. Dès qu'un accès de zèle furieux saisissait le cordier, Hürlin, épouvanté, reculait de quelques pas et le regardait faire avec mépris, tandis que l'autre peinait à l'ouvrage, haletant et suant, mais conservait assez de souffle pour reprocher sa paresse à Hürlin :

« Regarde seulement, criait-il, regarde seulement, mauvais drôle, tire-au-flanc ! ça te plaît que les autres s'éreintent à ta place ! Monsieur le fabricant, bien sûr ! Je parie que tu serais capable de scier la même bûche pendant quatre semaines… »

Si fondés que fussent ces reproches, ils ne troublaient guère Hürlin, et pourtant il ne manquait pas de rendre la pareille au cordier. À peine celui-ci, harassé, faisait-il une pause, que Hürlin lui renvoyait ses injures. Il l'appelait imbécile, cordier de chien, doreur de girouette, roi des patates, emmerdeur public, chasseur de serpents, vieille bouteille de « schnaps » et s'offrait, d'un geste autoritaire, à lui taper sur sa tête d'hydrocéphale jusqu'à lui faire voir le monde comme une pomme de terre et les douze apôtres comme une bande de voleurs. Naturellement, de telles menaces n'étaient que des paroles en l'air, de simples exploits oratoires et celui qui en était l'objet ne les jugeait pas autrement. Une ou deux fois, ils se plaignirent au directeur, mais Sauberle était assez avisé pour leur interdire une telle démarche :

« Mes gaillards, disait-il en se fâchant, vous n'êtes plus des écoliers. Ce n'est pas moi qui me mêlerai de vos chicanes. Fini, basta ! »

Cependant, ils revenaient à la charge, chacun pour son compte, en s'accusant réciproquement. Il arriva ainsi que le fabricant fût privé de viande au déjeuner et qu'à sa protestation véhémente le tricoteur répondît : « Ne vous excitez pas comme ça, Hürlin, la punition est méritée. Heller m'a rapporté vos invectives d'aujourd'hui. » C'était là pour le cordier, un succès inattendu ; il triomphait. Mais le soir, la situation se renversa. Heller fut privé de soupe et les deux compères s'aperçurent qu'ils étaient bien attrapés. Depuis lors, ils cessèrent de se dénoncer mutuellement.

Entre eux, cependant, ils ne s'accordaient aucune trêve. À de rares occasions seulement, quand ils siégeaient côte à côte sur le pré, là-haut, et qu'ils tendaient leur cou ridé vers les passants, une fugitive parenté d'âme les unissait pendant une heure peut-être, tandis qu'ils épiloguaient sur le monde comme il va, sur le tricoteur, sur l'assistance publique et son mauvais café, jamais assez fort. Ou bien alors ils échangeaient les petites idées qui leur tenaient à cœur : pour le cordier, son rêve était de connaître à fond la psychologie de la femme ; Hürlin, de son côté, évoquait ses années de voyage, les idéalisait, bâtissait des plans magnifiques en vue de spéculations financières de grand style.

Heller commencait toujours de la même façon: « Vois-tu, quand un homme se marie... » À son tour, Hürlin disait chaque fois: « Si quelqu'un me prêtait mille marks... » Ou encore: « Quand j'étais là-bas, à Solingen... » Il y avait travaillé trois mois dans sa jeunesse et il était prodigieux de voir tout ce qui lui était arrivé et combien de choses il avait vues précisément à Solingen.

Las de converser, ils tiraient en silence sur leur pipe généralement refroidie, appuyaient les coudes sur leurs genoux pointus, crachaient de temps à autre sur la route et regardaient fixement au-dessous d'eux, à travers le branchage des vieux pommiers, la ville dont ils étaient le rebut et qu'ils rendaient responsable de leur infortune. Alors ils devenaient mélancoliques, soupiraient en faisant de la main des gestes découragés et sentaient qu'ils étaient vieux, qu'ils étaient des hommes finis. Au bout d'un certain temps – une demi-heure au plus – la mélancolie se changeait à nouveau en agressivité. D'habitude, c'était Lucas Heller qui ouvrait le feu par quelque taquinerie.

« Regarde une fois là en bas ! s'écriait-il en montrant la vallée.

– Eh bien quoi ? bougonnait l'autre.

– Tu me le demandes ? Je sais ce que je vois.

– Qu'est-ce que c'est donc, par tous les diables ?

– Je vois ce qui s'appelait anciennement la fabrique de cylindres Hürlin et Schwindelmeier, aujourd'hui Dalles et Cie. Des gens riches, très riches !

– Tu aurais pu me rencontrer à l'“ Aigle ”, grogna Hürlin.

– Ah oui ? Merci du renseignement.

– Tu veux me faire passer pour menteur ?

– Pas besoin, tu l'es déjà.

– Assez, cordier de merde !

– Gibier de prison !

– Guenille imbibée de “schnaps” !

– Toi-même ! C’est bien ton rôle d’insulter les honnêtes gens !

– Je te casse sept dents d’un coup.

– Et moi, je te cogne dessus, que tu en resteras estropié, vieux filou, banqueroutier ! »

Le combat était engagé. Ayant dilapidé la réserve des injures et des gros mots usuels, les deux pitres forgeaient voluptueusement de nouveaux vocables, d’une sonorité audacieuse, jusqu’à épuisement complet de ce capital. À bout de forces, les deux coqs exaspérés rentraient à la maison l’un derrière l’autre.

Chacun de son côté désirait par-dessus tout dominer son camarade et lui faire sentir sa supériorité. Si Hürlin était le plus intelligent, Heller était le plus rusé, mais comme le tricoteur refusait de prendre parti, il leur manquait un atout décisif. Occuper à l’hospice la place la plus importante et la plus agréable, tel était le but auquel ils tendaient ardemment. Ils dépensaient à le poursuivre des trésors de réflexion et d’énergie dont la moitié, s’ils ne s’étaient abstenus d’y toucher autrefois, eût suffi pour que chacun d’eux menât heureusement sa barque au lieu d’échouer chez les Frères du Soleil.

Entre-temps, la grosse charge de bois déposée dans la cour avait lentement diminué. On avait gardé le reste pour plus tard, et, en attendant, entrepris d’autres activités. Heller travaillait tous les jours dans le jardin du maire et Hürlin, sous la direction de Sauberle, vaquait à de tranquilles besognes : il lavait la salade, triait des lentilles, épluchait les haricots, etc., ce qui n’excédait pas ses forces tout en lui permettant de se rendre utile. L’hostilité réciproque des deux pensionnaires semblait donc céder à de meilleurs sentiments depuis qu’ils ne vivaient plus ensemble toute la journée. Chacun d’eux s’imaginait d’ailleurs que son travail lui avait été attribué en raison de son mérite personnel et que sa supériorité sur l'autre avait été ainsi reconnue. L'été passa de la sorte et déjà les feuillages commençaient à brunir.

Un après-midi, tandis que le fabricant, assis au seuil de l'hospice, contemplait le monde à travers un demi-sommeil, il arriva qu'un étranger, descendu de la montagne, s'arrêta devant le «Soleil» et demanda à Hürlin le chemin de la mairie. Celui-ci fit avec lui un bout de chemin, lui donna des explications, et reçut deux cigares pour sa peine. Il demanda du feu au premier charretier qu'il rencontra, ajusta l'un des cigares à sa bouche et regagna sa place à l'ombre près de la porte, où il goûta l'ineffable plaisir dont il avait été si longtemps privé. Arrivé au bout du cigare, il en écrasa le restant pour le fumer dans sa pipe, jusqu'à ce qu'il ne demeurât que la cendre et quelques gouttes d'un jus noirâtre. Le soir, le cordier revint de chez le maire, et lorsque, suivant son habitude, il commença à raconter sa journée, à vanter l'excellent cidre, le pain blanc accompagné de radis qu'on lui avait servis pour le goûter, le généreux traitement dont il avait été l'objet, Hürlin, à son tour, fit le récit de son aventure, sans omettre aucun détail et au grand dépit de Heller.

« Où as-tu mis les cigares ? questionna aussitôt celuici, fort intéressé.

– Je les ai fumés, répondit Hürlin qui riait insolemment.

– Tous les deux ?

– Pour sûr, mon vieux.

– En une fois ?

– Non, idiot, en deux fois, l'un après l'autre.

– C'est vrai ?

– Qu'est-ce qui ne serait pas vrai ?

– Admettons, fit astucieusement le cordier qui n'en croyait rien. Dans ce cas, je peux te dire une chose, c'est que tu es un imbécile, et de taille.

– Et pourquoi ?

– Si tu avais mis de côté l'un des cigares, tu aurais eu quelque chose à fumer pour demain. Qu'est-ce qui te reste au bout du compte ? »

Le fabricant n'y tint plus. En ricanant, il sortit l'autre cigare de sa poche intérieure et l'exhiba sous les yeux jaloux du cordier, afin de l'irriter tout à fait.

« Tu vois, je ne suis pas le damné crétin que tu croyais.

– Aha ! il en reste encore un… montre-moi ça.

– Halte-là ! Qu'est-ce que tu veux en faire ?

– Le regarder, c'est tout. Je m'y connais. Je te dirai s'il est de marque et je te le rendrai tout de suite. »

Hürlin lui tendit le cigare. L'autre le fit tourner entre ses doigts, l'approcha de son nez, le flaira, puis, le restituant à regret, dit sur un ton apitoyé :

« Tiens, reprends-le seulement. Des cigares de cette sorte, on en a deux pour un kreuzer. »

Une discussion, qui dura jusqu'à l'heure du coucher, s'engagea sur la qualité et le prix du cigare. Au moment de se déshabiller, Hürlin déposa son trésor sur son oreiller, tout en le surveillant avec anxiété. Heller se moqua de lui :

« Couche donc avec lui, il ne te fera pas de petits ! »

Le fabricant ne répondit rien. Quand l'autre fut au lit, il déposa précautionneusement le cigare sur le rebord de la fenêtre et se glissa dans son lit, où il s'étira, heureux de sa journée. Avant de s'endormir, il se rappela une fois encore la délicieuse impression de l'après-midi, alors qu'il envoyait fièrement la bonne fumée du cigare vers le soleil et que l'arôme du tabac réveillait en lui le souvenir de son ancienne splendeur et les sentiments de satisfaction de l'homme arrivé. Il s'endormit enfin, et tandis que ses rêves achevaient de glorifier cette brillante époque, aujourd'hui révolue, le dormeur pointait son nez rougeoyant qui semblait défier le monde comme aux plus beaux moments de son existence.

Cependant, au milieu de la nuit et contrairement à

ses habitudes, il se réveilla, et vit dans la pénombre, debout à son chevet, le cordier qui tendait sa main décharnée vers le cigare déposé sur le rebord de la fenêtre.

Poussant un cri de rage, il sauta hors du lit et coupa la retraite au malfaiteur. Pendant une minute, le silence fut total. Face à face, les deux antagonistes se tenaient immobiles, complètement nus, s'examinant l'un l'autre d'un regard haineux et perçant. Ils ne savaient pas eux-mêmes si c'était la peur ou l'excès de surprise qui les empêchaient de se prendre aux cheveux.

« Pose ce cigare ! » cria enfin Hürlin, haletant.

Le cordier ne bougea pas.

« Pose-le ! » reprit l'autre, et comme Heller n'obéissait toujours pas, il prit son élan et lui eût sans doute appliqué un formidable soufflet si le cordier ne s'était pas baissé au même instant. Cette esquive lui fit lâcher le cigare, dont Hürlin voulut se saisir aussitôt, mais Heller y appliqua son talon et le réduisit en morceaux dans un léger crissement. C'est alors qu'il reçut dans les côtes un coup de poing du fabricant et que la bagarre commença. C'était la première fois qu'ils en venaient aux mains. Cependant, chez eux, la couardise faisait contrepoids à la colère, de sorte qu'ils ne se firent pas grand mal. Tantôt l'un, tantôt l'autre faisait un pas en avant et les deux vieux, sans faire beaucoup de bruit, promenaient leur nudité à travers la chambre comme s'ils exécutaient une danse et chacun d'eux se sentait l'âme d'un héros, sans d'ailleurs recevoir le moindre coup. Le ballet se poursuivit jusqu'à ce que le fabricant, profitant d'un moment favorable, saisît au passage sa cuvette vide, la brandît avec fureur au-dessus de sa tête et la propulsât puissamment sur le crâne de son ennemi désarmé. Ce coup de maître retentit d'un éclat si guerrier à travers la maison que la porte s'ouvrit brusquement : le directeur en chemise de nuit entra dans la pièce, se planta devant les duellistes et tout en riant se mit à les gronder.

« Vous êtes de vrais gamins, vous boxez à poil dans votre chambre comme de vieux boucs ! Fourrez-vous au lit et vite ! Si j'entends encore le moindre bruit, votre compte est bon !

– C'est un voleur ! » cria le fabricant que la colère et l'affront subi faisaient presque hurler. On l'interrompit aussitôt et il fut réduit au silence. En grommelant, les deux boucs se retirèrent dans leur lit. Le tricoteur écouta encore un moment derrière la porte, mais tout demeura tranquille dans la chambre, même après son départ. Les débris du cigare gisaient sur le plancher à côté de la cuvette ; par la fenêtre, filtraient les vagues lueurs de la nuit d'été et sur la paroi, au-dessus des deux propres-à-rien mortellement courroucés, le verset biblique entouré de fleurs proclamait : « Enfants, aimez-vous les uns les autres. »

Le jour suivant, Hürlin réussit au moins à tirer de cette affaire un petit triomphe personnel. Comme il se refusait catégoriquement à partager plus longtemps sa chambre avec le cordier, le tricoteur dut consentir, après une résistance opiniâtre, à séparer pour la nuit les deux pensionnaires. Ainsi le fabricant redevint ermite, mais, si heureux qu'il fût d'être débarrassé du maître cordier, il en éprouva malgré tout quelque tristesse, de sorte que, pour la première fois, il vit clairement dans quel désespérant cul-de-sac la destinée l'avait relégué pour ses vieux jours.

Ces pensées n'avaient rien de réjouissant. Auparavant, si peu sûre que fût la situation, il jouissait au moins de la liberté, et même dans les pires moments, il trouvait encore de temps à autre dans sa poche quelques sous pour aller à l'auberge et il pouvait, s'il le voulait, reprendre à tout moment ses voyages à pied. Maintenant, il était là, déchu de ses droits, prisonnier, sans jamais voir la couleur de l'argent, sans qu'il y eût plus rien devant lui sinon la perspective de l'extrême vieillesse, du gâtisme, puis, l'heure venue, de la mort.

Du haut de son poste au bord de la route, il commença dès lors à jeter un coup d'œil au-delà de la ville, ce qui ne lui était jamais arrivé jusqu'alors. Il parcourait du regard la vallée en amont et en aval, suivait le tracé des chemins, observait avec nostalgie le vol des oiseaux et des nuages, le trafic des voitures et des piétons qui remontaient ou descendaient la vallée. Pour occuper les soirées, il prit l'habitude de la lecture, mais, tandis qu'il parcourait les édifiantes histoires de l'almanach ou les articles de journaux religieux, il levait souvent les yeux et son visage prenait une expression lointaine et tourmentée à la fois, car il se souvenait de ses jeunes années, de Solingen, de la fabrique, de la maison centrale, des soirées à l'ancien « Soleil », pour revenir toujours à cette pensée qu'il était désormais seul au monde, désespérément seul.

Le cordier Heller l'examinait à la dérobée avec une certaine malveillance, mais, quelque temps après, il essaya de renouer avec Hürlin. Il guettait une occasion, et s'il trouvait le fabricant installé à la place où ils se reposaient habituellement, il lui faisait bon visage et lui disait : « Beau temps, Hürlin ! L'automne sera magnifique, pas vrai ? » Hürlin se contentait de le regarder, faisait un vague signe de tête et demeurait silencieux.

Il est probable qu'un lien quelconque, si mince fût-il, aurait fini par se rétablir entre les deux entêtés, car, du fond de sa rancune et de sa dépression, Hürlin eût donné n'importe quoi pour s'accrocher au premier venu dont la bonne volonté le délivrerait de son vide intérieur et de sa solitude. Le directeur, qui n'aimait pas l'attitude morne et dépressive du fabricant fit également tout son possible pour raccommoder ses deux pensionnaires.

À quelques jours d'intervalle, deux nouveaux venus qui ne se ressemblaient guère firent leur entrée dans l'établissement, au cours du mois de septembre.

L'un s'appelait Louis Kellerhals, nom parfaitement inconnu dans cette ville, où le prénommé Louis n'était désigné depuis des décennies que par le surnom d'Holdria, dont l'origine échappe à toute recherche. Il y avait déjà plusieurs années qu'il vivait aux frais de la commune, placé chez un brave artisan où il se trouvait bien, car il y était traité comme un membre de la famille. Cet artisan venait de mourir, mais son pensionnaire ne pouvait compter parmi ses héritiers, de sorte que l'hospice dut le prendre en charge. Il fit son entrée muni d'un sac de toile bien rempli, d'un énorme parapluie bleu et d'une cage de bois peinte en vert où était perché un gros moineau. L'homme ne se laissa pas troubler par son déménagement, il apparut souriant, cordial, radieux, serra la main de chacun, sans dire un seul mot ni rien demander. Chaque fois qu'on le regardait ou qu'on lui adressait la parole, il rayonnait de plaisir et de gentillesse. Même s'il n'eût pas été depuis longtemps une figure bien connue dans toute la région, Holdria n'aurait pu dissimuler plus de quelques instants qu'il était simple d'esprit et parfaitement inoffensif.

Quant à l'autre personnage, qui arriva environ une semaine plus tard, il semblait aussi heureux de vivre et aussi accommodant que le premier. Loin d'être mentalement diminué, c'était un rusé compère qui avait plus d'un tour dans son sac, mais ne faisait de mal à personne. Il s'appelait Stéphane Finkenbein et appartenait à la dynastie de mendiants et de vagabonds des Finkenbein, bien connue et depuis fort longtemps à travers tout le pays. Leur généalogie compliquée se diversifiait en de multiples branches, établies à Gerbersau ou se réclamant de cette ville. Les Finkenbein avaient presque tous l'esprit clair et le tempérament vif, mais aucun d'eux n'avait jamais rien tiré de ces qualités, car le trait fondamental de leur nature était de se vouloir libres comme l'oiseau et légers comme ceux qui ne possèdent rien.

Ledit Stéphane était dans la cinquantaine et jouissait d'une parfaite santé. Il était plutôt maigre et de charpente délicate, mais robuste, toujours alerte et plein d'entrain. On se demandait de quel expédient il avait pu se servir auprès de la commune pour s'introduire en contrebande dans les rangs des candidats à l'assistance publique. Il y avait en ville assez de gens plus âgés, plus malheureux et même plus pauvres que lui. Mais, depuis la fondation de l'hospice, il n'avait eu ni trêve ni repos qu'il n'y fût admis. Il se sentait né pour être un Frère du Soleil, il voulait, il devait y parvenir. Et maintenant il était là, aussi aimable et souriant que l'excellent Holdria, avec un bagage, il est vrai, sensiblement plus léger, car, outre les habits qu'il avait sur lui, il n'apportait qu'un antique chapeau, réservé au dimanche et dont la forme, sinon la couleur, était bien conservée. Coiffé de ce chapeau, qu'il inclinait un peu en arrière, Stéphane Finkenbein représentait le type classique de Frère Straubinger.

Il fit d'emblée l'impression d'un joyeux compagnon qui a couru le monde, et comme Holdria avait été logé dans la chambre de Hürlin, Finkenbein fut casé avec le cordier Heller. Tout lui paraissait pour le mieux et il ne tarissait pas d'éloges, seule la morosité de ses camarades lui déplaisait. Un jour qu'ils étaient assis dehors tous les quatre, une heure avant le repas du soir, Finkenbein déclara tout à coup :

« Écoute, monsieur le fabricant, est-ce qu'on fait

toujours une pareille tête chez vous ? Vous êtes de vrais saules pleureurs.

– Laisse-moi tranquille.

– Et alors, qu'est-ce qui ne va pas ? Après tout, pourquoi restons-nous ici à nous embêter ? On pourrait au moins aller boire un "schnaps", ou quoi ? »

À cette proposition, Hürlin eut un instant de ravissement, un éclair brilla dans ses petits yeux fatigués, puis il secoua la tête, avec désespoir, retourna ses poches vides et fit une piteuse grimace.

Aha ! Tu n'as pas de fric, s'écria en riant Finkenbein Bon Dieu, j'aurais cru qu'un fabricant comme toi ne serait jamais sans le sou. Aujourd'hui, je fête mon entrée ici et nous allons arroser ça. Venez donc, mes amis, Finkenbein sait trouver en cas de besoin quelques petits capitaux au fond de sa bourse. »

D'un bond, les deux saules pleureurs furent debout. Ils laissèrent le simple d'esprit à sa place et se dirigèrent, d'un pas rapide et trébuchant, vers l'Étoile, où ils s'installèrent sur la banquette, chacun devant un verre d'eau-de-vie. Hürlin, qui depuis des semaines n'avait pas revu une auberge, sinon de l'extérieur, fut envahi par une joyeuse excitation. Il aspirait à longs traits cette atmosphère enfumée qui lui avait manqué si souvent et dégustait son eau-de-vie à petites gorgées, prudentes et timides. Pareil à celui qui se réveille d'un mauvais rêve, il se sentait rendu à la vie et repris par ce milieu bien connu et pour ainsi dire originel. Il redécouvrait l'un après l'autre les gestes qu'il faisait autrefois dans les cafés, il frappait du poing sur la table, crachait sur le plancher, puis écrasait bruyamment son crachat sous sa semelle ; il n'oubliait pas non plus de hausser le ton et les éclats de voix qui lui étaient habituels au temps de sa splendeur s'échappèrent à nouveau de ses lèvres bleuies avec la brutale assurance d'autrefois.

Tandis que le fabricant retrouvait ainsi sa jeunesse, Lucas Heller, pensif, le regard fixé sur son petit verre, jugeait le moment venu de rendre à ce fanfaron la monnaie de sa pièce pour l'affront ignominieux qu'il en avait reçu lorsque le fabricant, un certain soir, lui avait lancé sa cuvette de tôle à la tête. Il se tenait coi, guettant avec attention l'instant favorable.

Entre-temps, Hürlin, selon sa vieille habitude, avait commencé, dès le second verre, à suivre d'une oreille la conversation de la table voisine, hochant la tête, toussotant, indiquant par sa mimique qu'il prenait part aux propos échangés, allant jusqu'à intercaler ici et là quelque bienveillant «mais oui, mais oui», ou «c'est ça, c'est ça». Il revivait les belles heures de son passé et, comme la conversation de ses voisins s'animait, il se tourna de plus en plus de leur côté, si bien que, poussé par son ancienne passion, il ne tarda pas à se précipiter dans la houle et le ressac de la discussion. Tout d'abord, on ne fit pas attention à lui, mais soudain, l'un des disputeurs, un valet d'écurie, s'écria: «Jésus! c'est le fabricant! Qu'est-ce que tu fais là, vieille guenille? Ferme ton bec, veux-tu, sans quoi j'aurai deux mots à te dire.»

L'interpellé se détourna tristement, mais le cordier le poussa du coude et s'empressa de lui murmurer: «Ne te laisse pas fermer la gueule par cet imbécile, réponds-lui!»

Cet encouragement attisa le sentiment de l'honneur chez le fabricant et lui fit voir les choses sous un nouveau jour. D'un geste de défi, il frappa sur la table, s'avança encore plus vers le groupe de discoureurs, et, jetant autour de lui des regards provocants, s'écria d'une voix sonore: «Un peu de manières, s'il te plaît! Tu m'as l'air de ne pas connaître les usages.»

Il y eut quelques rires. Bon enfant, le valet se contenta de gronder:

«Prends garde, fabricant! Si tu ne fermes pas ta gueule, tu pourrais le regretter!

– Je n'ai pas à regretter quoi que ce soit, déclara Hürlin avec dignité et emphase, toujours encouragé par le cordier qui le poussait du coude, j'ai le droit d'être ici et de parler à qui bon me semble, comme tout le monde. Ainsi, te voilà renseigné ».

Le valet, qui avait payé une tournée à ses copains et jouait au monsieur, se leva et s'approcha. Il était fatigué de ces criailleries.

« Retourne à l'hospice d'où tu viens ! » cria-t-il à Hürlin qu'il prit au collet, tout tremblant, et traîna jusqu'à la porte de l'auberge, où il l'expulsa d'un coup de pied. Les gens riaient et pensaient que le trouble-fête avait eu son compte. Ainsi l'incident fut clos, et ils poursuivirent en jurant et en criant leurs importantes conversations.

Le maître cordier était ravi. Il persuada Finkenbein de payer un dernier verre. Ayant reconnu la valeur de ce nouveau compagnon, il s'efforça de s'en faire un ami, ce que l'autre accepta de bon gré. Au temps où il pratiquait la mendicité, Finkenbein s'était rendu dans la propriété de monsieur le fabricant, qui l'avait brutalement éconduit. Malgré cela, il n'avait rien contre lui et n'ajouta pas un mot d'approbation aux injures que Heller déversait sur sa victime, maintenant qu'elle n'était plus là. Il était plus habitué que ces hommes déchus de leur prospérité à laisser le monde suivre son cours et s'amusait à observer les particularités de chacun.

« Laisse donc, cordier, intervint-il. Hürlin est un fou, c'est certain, mais pas de la pire espèce, loin de là. Je serais bien content si, là-haut, nous avions encore à nous disputer. »

Heller prit bonne note de ces propos conciliants et se montra docile. D'ailleurs, il était temps de partir ; ils s'en furent donc et rentrèrent à la maison pour le repas du soir. Cinq personnes étaient maintenant réunies autour de la table : c'était un spectacle imposant : Le haut bout était occupé par le tricoteur, puis venaient, sur l'un des côtés, Holdria au teint fleuri et le maigre Hürlin, l'air morose et le corps délabré. En face d'eux, le malin cordier aux cheveux rares voisinait avec le joyeux Finkenbein aux yeux clairs. Ce dernier était un causeur agréable, fort apprécié du directeur. De temps à autre, Finkenbein échangeait une plaisanterie avec le simple d'esprit qui ricanait béatement, et quand la table fut desservie et nettoyée, il y jeta un jeu de cartes et proposa une partie. Le tricoteur voulut s'y opposer, mais consentit à la fin, à condition qu'on jouât « pour rien ». Finkenbein éclata de rire :

« Pour rien, naturellement, monsieur Sauberle. Pour quoi jouerait-on, d'ailleurs ? C'est vrai que par ma famille, je suis millionnaire, mais toute ma fortune a été liquidée en même temps que les actions de l'entreprise Hürlin, sans vouloir vous offenser, monsieur le fabricant ! »

La partie commença donc et se poursuivit joyeusement, agrémentée de tours de cartes qu'exécutait Finkenbein, et interrompue par la tricherie du cordier, déjouée à chaque tentative. Cependant, celui-ci ne put se retenir de faire à mots couverts des allusions sans cesse renouvelées à l'aventure de l'Étoile. Hürlin fit d'abord semblant de ne pas entendre, puis coupa court, d'un geste irrité. Le cordier se mit à rire méchamment, le regard dirigé sur Finkenbein. À ce moment, Hürlin leva les yeux, vit l'expression railleuse et le clin d'œil de Heller, et soudain tout s'expliqua pour lui : s'il avait été chassé de l'auberge, c'était la faute du cordier, lequel s'était diverti à ses dépens. Il se sentit ulcéré. Sa bouche se tordit, il jeta ses cartes sur la table et refusa obstinément de continuer la partie. Heller comprit aussitôt ce qui se passait, garda prudemment le silence et redoubla d'efforts pour rester en bons termes avec Finkenbein.

C'était à nouveau la rupture entre les deux vieux adversaires, une rupture d'autant plus grave que, selon la conviction de Hürlin, Finkenbein était dans le complot et avait machiné toute l'affaire avec l'autre. Quant à Finkenbein, il était toujours le même, plein d'entrain et bon camarade, mais, du jour où Hürlin le soupçonna et accueillit grossièrement les marques de respect qu'il lui donnait pour plaisanter: monsieur le conseiller d'entreprise, monsieur von Hürlin, dès lors, la communauté des Frères du Soleil ne tarda pas à se scinder en deux partis. En effet, le fabricant s'était vite habitué à la compagnie du pauvre Holdria qui partageait sa chambre et il en avait fait son ami.

De temps à autre, Finkenbein proposait une nouvelle ribote, car il avait toujours en poche quelque monnaie dont la provenance était inconnue. Si puissant que fût l'attrait d'une telle invitation, Hürlin la déclinait fermement et ne sortit plus avec eux, bien qu'il enrageât à l'idée que Heller se rendait d'autant plus volontiers au café. Il restait donc à la maison, en compagnie d'Holdria qui l'écoutait tantôt souriant comme un illuminé, tantôt ouvrant de grands yeux pleins d'angoisse quand Hürlin exhalait ses plaintes et se mettait à jurer, ou qu'il se lançait dans des spéculations de haute fantaisie sur l'avenir qui serait le sien, si seulement quelqu'un lui prêtait mille marks.

Lucas Heller, en revanche, se montrait prudent avec Finkenbein. Au début, cependant, il avait mis cette nouvelle amitié en péril. Une nuit, il était allé, selon son habitude, visiter les poches de son camarade et s'était approprié les trente pfennigs qu'il y avait trouvés. La victime du vol, qui ne dormait pas, le regarda faire sans bouger, les yeux mi-clos. Le lendemain matin, Finkenbein félicita le cordier d'avoir des doigts aussi experts, exigea la restitution de l'argent et fit comme s'il s'agissait d'une bonne plaisanterie. Il avait prit ainsi un ascendant définitif sur Heller, et si ce dernier le considérait comme un bon camarade, il ne pouvait pas, néanmoins, lui chanter la litanie de ses plaintes aussi librement que Hürlin psalmodiait la sienne auprès d'Holdria. Par exemple, ses diatribes contre les femmes eurent vite fait d'assommer Finkenbein.

« Ça va, cordier, ça va, je te dis. Tu es un véritable orgue de Barbarie qui joue toujours la même ritournelle. Tu n'as donc pas une valse en réserve ? Sur le compte des femmes, tu as raison, à mon avis. Mais trop, c'est trop. Il faut te procurer une autre chanson, quelque chose de neuf, vois-tu, sans quoi, tu peux t'en aller au diable. »

Le fabricant, de son côté, ne risquait pas d'être ainsi rappelé à l'ordre par son ami. C'était certes appréciable, mais cela ne lui faisait aucun bien. Plus son auditeur montrait de patience, plus il fouillait profondément dans sa propre misère. S'il lui arrivait encore de se laisser gagner par la belle humeur du propre-à-rien Finkenbein, c'était pour une demi-heure au plus, pendant laquelle il retrouvait les grands mouvements de mains, ressortait les expressions énergiques qui lui étaient familières au temps de sa splendeur, mais ses mains s'étaient peu à peu engourdies et ses mots ne sortaient plus. Pendant les derniers jours ensoleillés de l'automne, il allait parfois s'asseoir sous les pommiers flétris et contemplait la ville et la vallée, sans éprouver aucun sentiment d'envie ni aucun désir, mais dans un état de détachement total, comme si la nature autour de lui ne le concernait plus, ou disparaissait dans l'éloignement. Le monde entier lui devenait indifférent, car il était visiblement sur le point de déposer les armes et il ne trouvait dans son passé plus rien qui l'intéressât.

La transformation avait été remarquablement rapide. Peu après sa faillite, au temps des vaches maigres, lorsqu'il commençait à fréquenter l'Auberge du Soleil, ses cheveux avaient grisonné et son allure s'était ralentie. Cependant, il aurait pu batailler des années encore et trouver mainte occasion de faire sonner bien haut son verbe à la table des cafés ou dans la rue. Il fallut le séjour à l'hospice pour lui porter le coup fatal. À l'époque, il s'était réjoui d'y entrer, sans se rendre compte qu'il tranchait du même coup son lien le plus fort avec l'existence, car il était incapable de vivre sans former de projets, sans avoir la perspective de se mêler d'intrigues de toute espèce et de mener grand tapage, de sorte que sa véritable banqueroute avait été alors de se mettre au repos après avoir capitulé devant la fatigue et la crainte d'avoir faim. La seule chose qui lui restait maintenant, c'était le peu de temps qui lui restait à vivre.

À cela s'ajoutait que Hürlin avait mené trop longtemps une existence de buveur. Un homme de son âge ne rompt pas impunément avec de vieilles habitudes, même si elles sont des vices. La solitude et les disputes avec Heller l'avaient réduit à un silence dont il ne sortait plus, et quand un vieux blagueur, un vieux braillard renonce à blaguer et à crier, il a déjà un pied dans la tombe.

Des émotions diverses secouaient, rongeaient maintenant cette âme inculte et grossière, et il était visible qu'en dépit de son arrogance et de son entêtement d'autrefois, il était en somme très peu sûr de lui. Le directeur fut le premier à remarquer son état. Lors d'une visite du pasteur à l'hospice, il lui dit en faisant un geste d'impuissance : « Hürlin fait vraiment peine à voir. Depuis qu'il a l'air si cafardeux, je ne l'oblige plus à aucun travail, mais à quoi bon ? Il y a autre chose qui le tracasse. Il réfléchit trop, se pose trop de questions. Si je ne connaissais pas cette sorte d'hommes, je dirais qu'il a mauvaise conscience et qu'il ne l'a pas volé. Eh bien, ce serait complètement faux. Il y a quelque chose qui le détruit intérieurement et les vieux dans cet état ne tiennent pas le coup bien longtemps, vous verrez. »

Désormais, le pasteur alla voir de temps en temps Hürlin dans sa chambre. Il s'asseyait près de la cage à moineau d'Holdria ; il parlait de la vie et de la mort, s'efforçant d'introduire quelque lumière dans les ténèbres de cette existence, mais en vain. Hürlin écoutait ou n'écoutait pas, faisait un signe de tête ou grommelait quelque chose, sans jamais articuler une parole et semblait de plus en plus instable et bizarre. Parfois l'un des bons mots de Finkenbein lui faisait plaisir, il émettait alors un petit rire sec, frappait sur la table, approuvait de la tête et, tout de suite après, replongeait dans ses pensées, écoutant au fond de lui-même des voix confuses.

À le voir, on trouvait simplement qu'il était devenu quelqu'un de plus taciturne et de plus larmoyant, mais chacun se comportait avec lui comme à l'ordinaire. Seul le simple d'esprit, s'il avait eu la moindre lueur de raison, aurait pu entrevoir la vérité sur l'état de ruine auquel Hürlin était parvenu, et s'en alarmer du même coup. En effet, ce brave Holdria, toujours affable et ne cherchant noise à personne, était devenu l'ami intime du fabricant. Ils s'asseyaient tous les deux devant la cage de bois, glissaient leurs doigts à travers les barreaux, se faisaient becqueter par le moineau bien engraissé, ou se chauffaient ensemble, adossés au poêle dès le matin, car l'hiver approchait lentement, se regardant l'un l'autre et se comprenant aussi bien que l'auraient fait deux sages. On surprend parfois un tel échange de regard chez deux bêtes sauvages enfermées dans la même cage.

Ce qui minait Hürlin le plus sûrement, c'était la honteuse humiliation qu'il avait subie à l'Étoile et dont Heller était l'instigateur. Dans l'auberge même où il avait siégé tous les jours pendant longtemps, où il avait dépensé ses derniers sous, où il s'était montré aussi bon client que grand orateur, c'était là, précisément, que le patron et les consommateurs, au milieu des rires, avaient pu le voir jeter à la porte. Au plus intime de son être, il avait senti qu'il n'avait plus rien à faire là-bas, qu'il ne comptait plus, qu'il était oublié, rayé du nombre des clients et qu'il ne possédait plus l'ombre d'un droit.

Pour n'importe quel autre mauvais tour, il se fût vengé de Heller à la première occasion. Mais cette fois, il ne put proférer aucune des injures qui lui venaient si facilement à la bouche en temps ordinaire. Au reste, que lui dire ? Le cordier était entièrement dans son droit. Ah ! s'il avait été le gaillard d'autrefois, s'il avait valu encore quelque chose, personne, à l'Étoile n'aurait osé le jeter dehors. Il était donc fini et n'avait plus qu'à plier bagage.

Et maintenant il voyait s'étendre en ligne droite devant lui l'étroit chemin où il devait s'engager au long d'innombrables journées vides qui le conduiraient à la rencontre de la mort. Tout était fixé, rivé, écrit d'avance, logique, inexorable. Plus aucun moyen de falsifier quelque bilan ou papier d'affaires, de se transformer soi-même en une société anonyme, ou bien, avec l'aide de Dieu, de se faufiler à nouveau dans le monde par une voie détournée, malgré la faillite et la prison. Si le fabricant avait été autrefois en mesure de faire face aux situations et aux circonstances les plus diverses et avait toujours su s'y retrouver, il était cette fois-ci pris au dépourvu et ne voyait plus aucune issue.

Le bon Finkenbein lui disait souvent un mot d'encouragement, lui tapait sur l'épaule en riant et son rire sans amertume avait quelque chose de consolant :

« Eh bien, conseiller supérieur d'entreprise, ne te fatigue pas les méninges, tu es déjà assez fort, toi qui as roulé dans le temps pas mal de gens riches et avisés, pas vrai ? Assez bougonné, monsieur le millionnaire, je le dis sans méchanceté. Ce n'est pas très malin, ce que tu fais là. Bonté divine ! Rappelle-toi donc le verset accroché au-dessus de ton lit. »

Tel un pasteur en chaire, il étendit les bras comme s'il bénissait les fidèles et dit avec onction : « Enfants, aimez-vous les uns les autres. »

« Ou bien, écoute ! nous créons dès aujourd'hui une cagnotte, et quand elle sera pleine nous rachetons à la ville son minable hospice, nous ressortons l'enseigne et nous remettons sur pied la vieille Auberge du Soleil. La machine rouillée tournera de nouveau, si l'on verse un peu d'huile dans les rouages. Qu'en penses-tu ? »

« Si nous avions cinq mille marks… », et Hürlin se lança dans des calculs, mais les autres riaient. Il s'interrompit, soupira, retomba dans ses songeries, le regard fixe.

Il avait pris l'habitude de parcourir chaque jour sa chambre au pas de gymnastique et il le faisait tantôt rageusement, tantôt sous le coup de l'angoisse ou encore avec l'air de guetter malicieusement quelque chose. À part cela, il ne dérangeait personne. Holdria lui tenait souvent compagnie, faisait à ses côtés le même tour de piste et répondait de son mieux aux coups d'œil, à la gesticulation et aux soupirs du coureur tourmenté qui s'obstinait à fuir le mauvais esprit dont il était possédé. S'il avait, sa vie durant, joué avec prédilection et un bonheur inégal le rôle d'escroc, il se voyait maintenant condamné à faire le pitre jusqu'à la fin de sa triste existence.

Depuis peu, ce détraqué avait ajouté un nouvel exercice à ses courses et cabrioles ; il consistait à ramper plusieurs fois par jour sous son lit pour extraire de sa cachette la vieille enseigne à laquelle il rendait ensuite un culte qui exprimait à la fois sa ferveur et son extravagance. Tantôt il portait l'enseigne devant lui, solennellement, comme un objet sacré, tantôt il l'appuyait quelque part et la contemplait d'un regard extasié ; ou encore, il la frappait à coups de poing, furieusement, pour en effacer ensuite les bosselures, la soigner, la caresser, et finalement la replacer où il l'avait prise. Du jour où il se livra à ces bouffonneries symboliques, il perdit auprès des Frères du Soleil le peu de crédit qui lui restait et il fut considéré avec son ami Holdria comme quelqu'un de complètement timbré. Le cordier le regardait avec un mépris non dissimulé, le taquinait, l'humiliait à toute occasion et s'irritait de voir que Hürlin le remarquait à peine.

Un jour, il lui vola son enseigne et la cacha dans une autre chambre. Quand Hürlin voulut la prendre à sa place habituelle et ne la trouva point, il erra un certain temps à travers la maison, reprit ses recherches sous son lit et proféra, haletant, de furieuses et impuissantes menaces contre tous les gens de la maison, sans en excepter le tricoteur. Comme tout cela ne servait à rien, il s'assit à la table, se prit la tête à deux mains et se mit à hurler lamentablement pendant une demi-heure. C'en était trop pour le compatissant Finkenbein. Il assena un formidable coup de poing au cordier, qui tremblait comme une feuille, et lui ordonna de restituer à l'instant le trésor dérobé.

Bien qu'il eût les cheveux presque blancs, le fabricant était toujours vigoureux et aurait pu vivre encore plusieurs années. Mais la volonté d'en finir qui le travaillait intérieurement trouva bientôt l'issue qu'elle cherchait. Une nuit de décembre, le vieil homme ne pouvait trouver le sommeil. S'étant assis dans son lit, il s'abandonnait à des pensées sinistres, le regard fixé sur les parois obscures de sa chambre et se sentait plus seul que jamais. En proie à l'ennui, à l'angoisse et au désespoir, il finit par se lever. Sans trop savoir ce qu'il faisait, il détacha à tâtons les bretelles de son pantalon, solidement tissées de chanvre, et se pendit au gond de la porte sans que personne entendît rien. Le matin venu, Holdria fut le premier à découvrir la chose, avec le directeur accouru aux cris terrifiés de l'idiot.

La surprise et l'effroi furent considérables, mais de très courte durée. Seul, le simple d'esprit laissa tomber quelques larmes dans son bol de café. Tous les autres savaient ou sentaient que cette fin était arrivée au bon moment et qu'elle ne donnait matière à nul sentiment de tristesse ou d'indignation. Il faut dire que personne ne l'avait aimé.

En son temps, lorsque Finkenbein était entré comme quatrième pensionnaire à l'hospice, quelques plaintes s'étaient élevées au sujet de l'asile : on trouvait peu convenable qu'à peine ouvert il se peuplât aussi vite. À présent, l'un des pensionnaires en surnombre avait déjà disparu. Et s'il est vrai que dans les asiles de pauvres, on se porte en général fort bien et l'on devient extrêmement vieux, il n'est pas moins exact que, si un vide vient à se produire, il demeure rarement tel qu'il est, mais s'élargit fatalement ; c'est ce qui arriva ici même, où, à peine fondée, la colonie des déguenillés perdit l'un de ses membres et ne cessa depuis lors de se désagréger.

Les premiers temps, le fabricant sembla tout à fait oublié et la vie reprit apparemment son train normal. Lucas Heller continuait à pérorer aussi longtemps que Finkenbein le laissait faire. Il menait la vie dure au tricoteur et s'entendait à mettre sur le dos du brave Holdria la moitié du travail déjà modéré dont il avait la charge, ce qui contribuait à entretenir son bien-être et sa gaieté. Il était désormais l'aîné des Frères du Soleil et se sentait tout à fait chez lui. Jamais encore il n'avait eu cette impression d'être en harmonie avec son entourage, d'occuper dans la vie la place qui lui convenait, une place bien tranquille, faite pour un paresseux, et qui lui laissait le temps de s'étirer, de se rengorger, de se pénétrer de sa propre importance au sein de la société, de l'État et de l'univers.

Il en allait autrement pour Finkenbein. Les brillantes couleurs sous lesquelles son imagination très vive lui avait dépeint naguère l'existence d'un Frère du Soleil lui apparaissaient maintenant en contradiction totale avec la réalité. À en juger de l'extérieur, il était toujours le même écervelé, le même loustic ; il se félicitait d'avoir un bon lit, un poêle bien chauffé, une nourriture abondante ; rien ne semblait lui manquer. Il rapportait toujours quelque argent de ses mystérieuses escapades en ville, de quoi se payer un verre ou un paquet de tabac, qu'il partageait généreusement avec le cordier. Les distractions ne lui manquaient pas non plus, car il était connu un peu partout en ville, où on aimait à le rencontrer, de sorte qu'à chaque entrée de maison, au seuil de chaque boutique, au passage de n'importe quel camion ou charrette sur les ponts ou les chemins, il trouvait toujours quelqu'un avec qui bavarder amicalement.

Et pourtant, il ne se sentait pas bien dans sa peau. D'abord, Heller et Holdria étaient pour lui de médiocres camarades dans la vie de tous les jours. D'autre part, plus se prolongeait cette existence régulière, plus elle lui pesait en l'obligeant à un horaire fixe pour se lever, aller à table, travailler et se coucher. En somme, et c'était la chose principale, cette existence était trop facile, trop confortable pour lui. Il était habitué à voir les jours de disette alterner avec les jours de bombance, à dormir tantôt dans des draps, tantôt sur la paille, à être tour à tour admiré et vilipendé. Il avait l'habitude d'errer où bon lui semblait, de craindre la police, de pratiquer ici et là de petits commerces, d'avoir plus d'un tour dans son sac et d'attendre de cette bonne vie qu'elle lui apporte chaque jour quelque chose de nouveau. Être libre, pauvre, aller où l'on veut, vivre en état d'alerte perpétuelle, voilà ce dont il était totalement privé dans cette maison. Bientôt il comprit que son admission à l'hospice n'avait pas été, comme il l'avait cru, un coup de maître, mais plutôt une mauvaise plaisanterie dont les tristes conséquences s'étendraient sur sa vie entière.

De ce point de vue, l'expérience vécue par Finkenbein différait peu de celle qu'avait faite le fabricant, mais, par ailleurs, les deux personnages formaient un contraste absolu. En effet, Finkenbein ne prenait jamais cette attitude effondrée, le menton sur la poitrine, qui était familière à Hürlin ; il ne permettait pas à ses pensées de pâturer à journée faite dans le champ désolé de l'affliction et du mécontentement. Au contraire, il évitait autant que possible de penser à l'avenir et, grâce à son humeur folâtre, il vivait légèrement la suite des jours. Il voyait toujours le côté amusant des êtres et des choses, qu'il s'agît du tricoteur, du simple d'esprit, du cordier Heller, du gros moineau ou de n'importe quel événement qui venait à se produire dans la maison. Cela était bénéfique non seulement pour lui-même mais pour toute la maisonnée qui respirait grâce à lui un souffle de liberté et d'humour. Elle en avait grand besoin, car Sauberle comme Heller disposaient d'aussi peu de moyens que le bon Holdria pour égayer et embellir l'uniformité de la vie quotidienne.

Les jours et les semaines s'écoulaient tant bien que mal. Le directeur se fatiguait et maigrissait à force de travail et de soucis, le cordier savourait jalousement son médiocre bien-être, Finkenbein n'y regardait pas de trop près, restait à la surface des choses, Holdria florissait dans la paix de son âme que rien ne troublait et il gagnait chaque jour en gentillesse, en appétit et en embonpoint. L'idylle eût été complète si, au milieu de cette tranquillité nourrissante, ne s'était glissé le spectre décharné du fabricant. Il fallait que s'agrandît le vide que sa mort avait creusé dans la maison.

Un mercredi de février, il arriva que Lucas Heller eût un travail à faire dans le bûcher. Comme il ne savait prouver son application qu'en procédant par à-coups, il se mit en sueur, alla se reposer devant la porte, prit froid, commença à tousser et à souffrir de maux de tête. À midi, ce fut à peine s'il mangea la moitié de sa ration ordinaire. L'après-midi, il resta près du poêle, ronchonna, toussa, se prit à jurer, et le soir il se mettait au lit à huit heures déjà. Le lendemain matin on appela le médecin. Cette fois, Heller ne mangea rien du tout à midi. Un peu plus tard, la fièvre monta, et, pendant la nuit, Finkenbein et le directeur durent se relayer à son chevet. Le jour suivant, le cordier mourut et la municipalité se trouva déchargée d'un autre pensionnaire.

En mars, il fit une température d'été tout à fait inhabituelle pour la saison : la sève monta dans les plantes. On voyait verdir les hautes montagnes, les petits fossés qui longent les chemins, et la route se peupla, du jour au lendemain, de poules, de canards et d'apprentis en voyage. À tire-d'aile, toutes sortes d'oiseaux sillonnaient joyeusement l'espace.

Tandis que la maison se vidait peu à peu et retombait au silence, Finkenbein, le cœur serré, sentait croître son angoisse. Les deux décès qui étaient survenus lui semblaient inquiétants et il avait de plus en plus l'impression d'être le dernier survivant à bord d'un navire en train de couler. Accoudé à la fenêtre, il respirait maintenant les tièdes émanations printanières qui lui arrivaient des lointains bleuissants. Tout son être était en fermentation, et comme il sentait partout le printemps, de vieux souvenirs se réveillaient dans son cœur resté jeune.

Un jour, il rapporta de la ville, en plus de son tabac et de quelques nouveautés, deux papiers neufs qu'il avait glissés dans un petit portefeuille en toile cirée tout usé. Ces documents, malgré de beaux entrelacs et d'impressionnants timbres officiels imprimés en bleu, ne provenaient cependant point de la mairie. Comment un vieux vagabond chevronné qui avait tiré tant de sonnettes n'aurait-il pas connu l'art délicat et mystérieux de reproduire sur une feuille de papier soigneusement calligraphiée n'importe quelle estampille ancienne ou récente ? Cela n'est pas donné à tout le monde, et il faut avoir des doigts agiles et une longue pratique pour détacher sous la coquille la mince pellicule qui entoure un œuf frais, l'étendre sans y faire de taches, y appliquer les timbres d'un ancien acte d'état civil ou d'un vieux passeport et finalement les transférer de la pellicule humide sur le papier.

C'est ainsi que Stéphane Finkenbein, une fois de plus, disparut de la ville et de la région, sans tambour ni trompette. Il avait emporté son haut chapeau à la Straubinger et laissé pour tout souvenir son bonnet de laine. Les autorités firent une petite enquête, sans insister sur cette affaire. On disait qu'il avait été aperçu bien en vie et plein d'entrain dans une auberge d'un district voisin, et comme, d'autre part, il n'y avait aucun intérêt à le faire revenir sans nécessité et à se mettre à la traverse de ce qui faisait probablement son bonheur et qu'enfin la commune se voyait ainsi dispensée de le nourrir plus longtemps, on eut la sagesse de ne pas poursuivre les recherches, de sorte que l'oiseau fut laissé libre de s'envoler où il voulait, accompagné des meilleurs vœux de tous. Six semaines plus tard, l'évadé écrivit du pays bavarois une carte postale adressée au tricoteur, où il disait: «Très honoré Monsieur Sauberle, me voilà en Bavière. Il fait ici plus froid que chez vous. Prenez avec vous Holdria et son moineau et montrez-les pour de l'argent. Ensuite, nous partirons tous ensemble. Un jour, nous suspendrons à nouveau l'enseigne du défunt Hürlin. Votre dévoué Stéphane Finkenbein, doreur de girouettes.»

Depuis la mort de Heller et le départ de Finkenbein, quinze ans se sont écoulés et Holdria, qui a conservé son teint frais et son embonpoint, habite toujours l'ancienne Auberge du Soleil. Les premiers temps, il y demeura seul pensionnaire. Les candidats se tenaient sur la réserve, car l'affreuse mort du fabricant, suivie de la prompte disparition du cordier et de la fuite de Finkenbein avaient pris dans la rumeur publique les proportions d'une sombre histoire de meurtre qui, pendant six mois environ, enveloppa la maison d'un tissu de sanglantes légendes. Après quoi, la nécessité, jointe à la paresse, amena à l'ancien « Soleil » plus d'un nouveau pensionnaire et Holdria ne s'y trouva plus jamais seul. Il a vu s'installer dans cette maison des Frères bizarres, des Frères ennuyeux, il a partagé leurs repas, il les a vus mourir et il est aujourd'hui le doyen d'une maisonnée de sept personnes, sans compter le directeur. Par les belles et chaudes journées on les voit souvent siéger là-haut au grand complet, en bordure de la petite route, fumant de courtes pipes et regardant au-dessous d'eux, d'un œil éteint, la ville qui, depuis lors s'est quelque peu étendue en aval et en amont, entre les deux versants de la montagne.

LE NAIN FILIPPO

Titre original de la nouvelle
DER ZWERG

Traduit de l'allemand par
EDMOND BEAUJON

C'EST en ces termes qu'un soir, sur le quai, le vieux conteur Cecco commença son récit :

Aujourd'hui, si vous le voulez bien, Mesdames et Messieurs, je vous raconterai pour une fois une très ancienne histoire, celle d'une belle Dame, d'un nain et d'un philtre d'amour ; on y parlera aussi de fidélité et de trahison, d'amour et de mort, comme dans tous les récits d'aventures, anciens et modernes.

La demoiselle Margherita Cadorin, fille du noble Battista Cadorin, était alors, parmi les plus belles femmes de Venise, la plus admirée et on lui avait dédié plus de vers et de mélodies qu'il n'y a de fenêtres cintrées aux palais bordant le Grand Canal et de gondoles, un soir de printemps, entre le Ponte del Vin et la Dogana. Il se trouvait à Venise, aussi bien qu'à Murano et jusqu'à Padoue une quantité de seigneurs, jeunes et vieux, qui ne pouvaient passer une seule nuit sans rêver d'elle, ni se réveiller le matin sans soupirer après sa présence ; rares étaient, dans cette ville, les jeunes femmes de la noblesse qui n'avaient jamais été jalouses de Margherita Cadorin. Il ne m'appartient pas de faire son portrait ; je me contenterai de dire qu'elle était blonde, aussi grande et élancée qu'un jeune cyprès, que l'air caressait ses cheveux, que ses pieds touchaient à peine le sol et que Titien, lorsqu'il la vit, aurait exprimé le désir de ne peindre pendant une année entière aucun autre objet ni modèle que cette femme.

Vêtements, dentelles, brocarts d'or de Byzance, pierreries et ornements, rien de tout cela ne manquait à la Belle ; on menait grande vie au palais ; on marchait sur d'épais tapis d'Asie Mineure richement colorés, les buffets étaient remplis de couverts d'argent, les tables étincelantes de fin Damas et de merveilleuses porcelaines, tandis que le sol des salles était composé de belles mosaïques et que les plafonds et les parois étaient recouverts de tapisseries de brocart et de soie, ou de ravissantes et lumineuses peintures.

Sans doute trouvait-on d'aussi exquises et réjouissantes choses dans d'autres maisons, sans doute existait-il des palais plus grands et plus riches que le sien, des armoires mieux fournies, des couverts, des tapisseries et des décorations plus précieux ; Venise était très riche en ce temps-là. Cependant, le joyau que la jeune Margherita était seule à posséder et qui excitait la convoitise de bien des personnes plus riches qu'elle était un nain appelé Filippo, mesurant à peine trois aunes et pourvu de deux bosses, enfin un petit drôle vraiment fantastique. Filippo était natif de Chypre, et, au moment où le seigneur Vittoria Battista le ramena d'un de ses voyages, il ne parlait que le grec et le syrien, mais à présent il s'exprimait dans un vénitien aussi pur que s'il était né sur la Riva ou dans la paroisse de San Giobbe. Le nain était aussi laid que sa maîtresse était belle et élancée ; à côté de cet être rabougri, elle semblait doublement grande et royale, pareille au clocher d'une église bâtie sur une île à côté d'une cabane de pêcheurs. Le nain avait des mains plissées, brunes, aux articulations tordues, sa démarche était incroyablement comique, son nez beaucoup trop grand, ses larges pieds en dedans. En revanche, il était vêtu comme un prince, de pure soie et de tissu d'or.

Rien que par son aspect extérieur, ce nain était un vrai trésor ; peut-être n'existait-il pas d'être plus bizarre et plus drôle non seulement à Venise, mais dans toute l'Italie, sans excepter le Milanais, et telle Majesté, Altesse ou Excellence aurait sans doute payé son pesant d'or pour le petit homme s'il avait été à vendre.

Mais, s'il était possible de trouver dans des villes riches ou auprès de cours opulentes quelques nains pouvant rivaliser avec Filippo pour la taille et la laideur, ils restaient cependant loin derrière lui pour l'esprit et les talents. Au seul point de vue de l'intelligence, le nain aurait été parfaitement à sa place au Conseil des Dix ou à la tête d'une ambassade. Non seulement il parlait trois langues, mais il connaissait bien le passé, faisait preuve d'un esprit judicieux et inventif, savait aussi bien raconter d'anciennes histoires qu'en imaginer de nouvelles et ne s'entendait pas moins à donner de bons conseils qu'à jouer de vilains tours. Enfin, il était capable, quand il le voulait, de provoquer aussi facilement le rire que les larmes.

Les jours de beau temps, lorsque la Dame allait s'asseoir sur la terrasse pour faire éclaircir au soleil sa blonde chevelure, ainsi que la mode l'exigeait à cette époque, elle était toujours accompagnée de ses deux femmes de chambre, de son perroquet d'Afrique et du nain Filippo. Les servantes humectaient et peignaient ses longs cheveux qu'elles étalaient au soleil, puis les aspergeaient d'essence de rose et d'eaux de senteurs grecques ; sur quoi, elles se mettaient à raconter tout ce qui s'était passé ou qui allait arriver dans la ville : morts, réjouissances, mariages, naissances, cambriolages et menus faits amusants. Le perroquet aux couleurs éclatantes battait des ailes et exécutait ses trois numéros : il sifflait une chanson, puis bêlait comme une chèvre et enfin disait bonne nuit. Silencieusement accroupi au soleil tout près de sa maîtresse, le nain lisait de vieux livres et parchemins, et prêtait aussi peu d'attention au babil des jeunes filles qu'aux moustiques voltigeant çà et là. Ensuite, il se passait chaque fois la même chose : au bout d'un moment l'oiseau bigarré dodelinait de la tête, bâillait, puis s'endormait, les servantes ralentissaient leur bavardage et finissaient par se taire, tout en s'acquittant de leur service en silence, avec des gestes de plus en plus fatigués; car, je vous le demande, y a-t-il un endroit au monde où le soleil de midi soit plus brûlant et vous donne davantage envie de dormir que la terrasse d'un palais vénitien ? La maîtresse prenait de l'humeur, réprimandait vivement les servantes, qui laissaient trop longtemps sécher ses cheveux ou qui s'y prenaient de façon par trop maladroite. Enfin arrivait le moment où elle ordonnait: « Prenez-lui son livre ! »

Les jeunes filles enlevaient alors le livre que Filippo tenait sur ses genoux; il leur jetait un regard irrité, mais se dominant aussitôt, demandait respectueusement quel était le bon plaisir de sa maîtresse. Et elle lui commandait: « Raconte-moi une histoire ! »

Sur quoi le nain répondait: « Je vais y réfléchir. » Et il se mettait à réfléchir.

Il lui arrivait quelquefois de faire attendre si longtemps sa maîtresse, qu'impatientée, elle le rappelait vivement à l'ordre. Il secouait alors avec résignation sa lourde tête, beaucoup trop grosse pour son corps et répondait calmement: « Ayez encore un peu de patience. Les bonnes histoires sont comme les bêtes sauvages. Elles vivent cachées, et pour les voir, il faut souvent rester longtemps aux aguets à l'entrée d'une gorge ou d'un bois. Laissez-moi réfléchir ! »

Lorsque enfin il avait assez médité et qu'il commençait à raconter son histoire, il ne s'arrêtait plus et le récit se poursuivait jusqu'au bout sans interruption, tel un fleuve descendant de la montagne et dans lequel on pouvait voir se refléter chaque objet comme dans un miroir, depuis les moindres brins d'herbe jusqu'à la voûte azurée du ciel. Le perroquet dormait, grinçant parfois du bec au cours de ses rêves, l'eau du petit canal était si calme que le reflet des maisons avait la stabilité d'un véritable mur, le soleil tombait d'aplomb sur le toit en terrasse et les servantes luttaient désespérément contre la torpeur qui les envahissait. Le nain, lui, ne somnolait pas, et par la magie de son récit, se transformait en enchanteur ou en roi, faisait s'éteindre le soleil, conduisait sa maîtresse attentive et silencieuse tantôt à travers de sombres et terribles forêts, tantôt jusqu'aux profondeurs bleues et glacées de la mer, tantôt encore dans les rues de fabuleuses villes étrangères; car c'est en Orient que le nain avait appris l'art de conter, dans ces pays où les conteurs sont des personnages de premier plan, de véritables magiciens qui jouent avec l'âme de leurs auditeurs, comme un enfant avec sa balle.

Il ne faisait presque jamais commencer ses histoires dans des pays étrangers où l'imagination de ses auditeurs aurait eu quelque peine à les transporter par ses seules forces. Au contraire, il commençait toujours par évoquer un objet que l'on voit tous les jours, par exemple une broche en or ou un mouchoir de soie, enfin quelque chose d'immédiat et de présent, puis insensiblement, il conduisait l'imagination de sa maîtresse où il voulait, tandis qu'il parlait des précédents possesseurs de tel bijou, des artisans qui l'avaient fabriqué, des marchands qui l'avaient vendu, de sorte que l'histoire se déroulait lentement, tout naturellement, allait du balcon d'un palais à la barque du marchand, de la barque au port, puis au navire, et que le rythme du récit vous emportait doucement jusqu'à l'endroit le plus éloigné du monde. Celui qui l'écoutait croyait réellement faire lui-même le voyage, et, tandis qu'il était tranquillement installé à Venise, son esprit lui permettait d'errer, dans la joie ou l'angoisse, à travers des mers lointaines et des contrées fabuleuses. Tel était le talent de Filippo.

À côté de ces contes merveilleux, orientaux pour la plupart, il racontait aussi des événements réels, des aventures d'autrefois et d'aujourd'hui, tels que les voyages et les malheurs du roi Enée, l'histoire du royaume de Chypre, du roi Jean, du magicien Virgile et des gigantesques randonnées d'Amerigo Vespucci. De plus, il s'entendait à inventer et à composer lui-même les récits les plus étonnants. Un jour, sa maîtresse, après avoir jeté un coup d'œil à son perroquet assoupi, lui demanda : « Toi qui sais tout, peux-tu me dire à quoi rêve en ce moment mon oiseau ? » Après quelques instants de réflexion, le nain se lança dans le récit d'un long rêve où il se substituait lui-même au perroquet, puis lorsqu'il eut terminé, l'oiseau se réveilla au même instant et se mit à bêler comme une chèvre en battant des ailes. D'autres fois, la Dame prenait une petite pierre et la jetait dans le canal par-dessus la balustrade de la terrasse ; on l'entendait tomber dans l'eau et elle demandait : « Eh bien, Filippo, où est allé mon caillou, maintenant ? » Aussitôt, le nain commençait à raconter comment la petite pierre était arrivée au pays des méduses, des poissons, des crabes et des huîtres, là où reposent les bateaux naufragés, où vivent les génies des eaux, les lutins et les naïades, créatures dont il connaissait aussi bien les habitudes que le genre de vie et qu'il décrivait dans les moindres détails.

Bien que Mlle Margherita, comme tant de riches et belles dames, eût le cœur dur et l'âme orgueilleuse, elle avait cependant un faible pour son nain, et veillait à ce que chacun le traitât bien et avec le plus grand respect. Elle seule s'amusait parfois à le tourmenter ; après tout, n'était-il pas sa propriété ? Tantôt elle lui prenait tous ses livres, tantôt elle l'emprisonnait dans la cage du perroquet, ou bien elle l'emmenait sur le parquet glissant d'une salle pour le faire trébucher. Il n'y avait là aucune mauvaise intention de sa part, aussi Filippo ne se plaignait-il jamais, mais il n'oubliait rien et, de temps à autre, ajoutait à ses fables et contes de petites allusions, des avertissements à mots couverts, des piqûres d'épingle que la Demoiselle, de son côté, ignorait le plus tranquillement du monde. Elle se gardait bien de trop l'agacer, car chacun croyait le nain en possession de connaissances secrètes et de pouvoirs prohibés. On savait de bonne source qu'il connaissait l'art de parler à toute sorte d'animaux et qu'il ne se trompait jamais dans ses prédictions sur l'état du ciel et l'approche des orages. Cependant, quelqu'un le pressait-il de questions à ce sujet, il restait presque toujours silencieux, et lorsqu'il haussait ses épaules déviées et essayait gauchement de secouer sa lourde tête, les questionneurs en perdaient l'envie de rire.

Tout être humain ressent le besoin de s'attacher à une âme vivante et de lui prouver son amour, aussi Filippo cultivait-il en dehors de son goût pour la lecture, une amitié bizarre pour un petit chien noir qui lui appartenait et qui dormait sur son lit. Cadeau d'un prétendant éconduit de Mlle Margherita, il fut cédé au nain de la Dame dans des circonstances à vrai dire assez particulières. En effet, dès le premier jour, le petit chien fut victime d'un accident qui le coinça sous l'abattant d'une trappe brusquement refermée; on s'apprêtait à le tuer, car il avait une patte cassée, mais le nain ayant supplié qu'on le lui donnât, on lui en fit présent. Grâce à ses soins, le chien avait recouvré la santé et témoignait à son sauveur une reconnaissance et un attachement profonds. Cependant, la patte guérie était restée difforme, de sorte qu'il boitait et s'accordait ainsi encore mieux à son bossu de maître, ce qui fut l'occasion de maintes plaisanteries dont Filippo eut à souffrir.

Si cet amour entre nain et caniche pouvait sembler ridicule à bien des gens, il n'en était pas moins loyal et sincère, et je crois que plus d'un riche gentilhomme n'a jamais connu, de la part de ses meilleurs amis, un attachement semblable à celui de Filippo pour son barbet infirme. Il l'appela Filippino, nom duquel il tira le diminutif de Fino ; il le traitait aussi tendrement qu'un enfant, lui apportait des friandises, le laissait dormir dans son petit lit de nain, jouait longuement avec lui, bref, il reporta sur cet intelligent animal tout le besoin d'affection de sa pauvre vie d'apatride, et, pour l'amour de lui, supporta les sarcasmes de sa maîtresse et des domestiques. Vous allez bientôt voir que cet attachement n'avait rien de risible, car il fut à l'origine du plus grand malheur qui pût s'abattre non seulement sur le nain et son caniche, mais sur la maison tout entière. Ne m'en veuillez pas si je vous donne tous ces détails sur la vie d'un pauvre bichon perclus, mais il ne manque pas d'exemples attestant que des causes beaucoup moins importantes encore ont eu des effets catastrophiques sur la destinée humaine.

Tandis qu'une foule d'hommes riches, distingués et de belle prestance tournaient leurs regards vers Margherita et portaient son image dans leur cœur, elle-même demeurait froide et altière, et faisait comme si les hommes n'existaient pas. Il est vrai que, jusqu'à la mort de sa mère, une certaine donna Maria de la maison des Giustiniani, elle avait été élevée très sévèrement, et que, d'autre part, la nature l'avait dotée d'un tempérament orgueilleux qui contrecarrait toute inclination amoureuse et qui la faisait passer à juste titre pour une des plus cruelles beautés de Venise. C'est à cause d'elle qu'un jeune noble de Padoue succomba dans un duel avec un officier milanais ; lorsqu'elle apprit la chose et qu'on lui rapporta les dernières paroles que la victime lui avait adressées, personne ne put déceler la plus légère altération sur la blancheur de son front. Quant à ceux qui composaient des sonnets en son honneur, ils étaient l'éternel objet de ses moqueries, et lorsque, presque au même moment, deux prétendants issus des meilleures familles de la ville sollicitèrent sa main, elle força son père, malgré la résistance et les supplications de ce dernier, à les éconduire tous les deux, ce qui provoqua une interminable dispute familiale.

Mais le petit dieu ailé est un coquin qui ne lâche pas facilement sa proie, du moins une aussi belle proie. On a souvent remarqué que ce sont précisément les femmes inaccessibles et fières qui sont le plus sujettes à une passion soudaine et violente, comme à l'hiver le plus rude succède habituellement le printemps le plus suave. À l'occasion d'une fête dans les jardins de Murano, Margherita tomba amoureuse d'un jeune officier de marine qui venait de rentrer du Levant. Il s'appelait Baldassare Morosini et ne le cédait en rien, par ses titres de noblesse et l'élégance de sa personne, à la Dame dont les regards étaient dirigés sur lui. Chez elle, tout était lumière et légèreté, chez lui, ténèbres et puissance. On voyait qu'il avait longtemps vécu en mer, qu'il avait visité des pays lointains et qu'il était un ami de l'aventure ; sur son front tanné, les pensées transparaissaient par éclair, son nez était fièrement busqué, et l'on voyait briller une flamme dans ses yeux noirs et perçants.

Il n'était guère possible qu'il ne remarquât bientôt Margherita lui aussi, et dès qu'il apprit son nom, il prit soin de se faire présenter à son père, ainsi qu'à elle-même, présentation qui se déroula au milieu de beaucoup de politesses et de mots flatteurs. Pendant toute la soirée, qui dura jusqu'aux environs de minuit, il se tint constamment, pour autant que les convenances le permettaient, dans son proche voisinage, et même s'il s'adressait à d'autres personnes, elle écoutait ce qu'il disait plus dévotement que paroles d'Évangile. Comme on peut le penser, le seigneur Baldassare fut obligé de faire plus d'un récit où il évoquait ses voyages, ses aventures, les périls qu'il avait affrontés, et il s'en acquitta avec tant d'aisance et d'enjouement que chacun avait plaisir à l'écouter. En réalité, ses paroles n'étaient destinées qu'à une seule auditrice, et celle-ci n'en laissait pas échapper une syllabe. Il racontait les péripéties les plus extraordinaires avec beaucoup de détachement, comme si n'importe qui devait avoir vécu de telles choses, et se gardait de se mettre trop en avant, comme les marins, surtout les jeunes marins, ont l'habitude de le faire. Une fois seulement, comme il décrivait un combat avec des pirates africains, il mentionna une profonde blessure dont la cicatrice traversait son épaule gauche, et Margherita l'écoutait en retenant son souffle, à la fois ravie et horrifiée.

Pour finir, il les accompagna, elle et son père, jusqu'à leur gondole, prit congé et resta là longtemps encore, à suivre des yeux le flambeau de l'embarcation qui glissait sur la lagune obscure. C'est seulement lorsque le bateau eut complètement disparu qu'il retourna auprès de ses amis, dans un pavillon où de jeunes gentilshommes accompagnés de quelques jolies courtisanes passaient encore une partie de cette chaude nuit d'été à boire du vin grec bien doré et du rouge et doux alkermès. Parmi eux se trouvait Giambattista Gentarini, l'un des hommes les plus riches et les plus amusants de Venise. Il emmena Baldassare à l'écart, lui toucha le bras et lui dit en riant : « J'espérais beaucoup que tu nous raconterais ce soir les aventures amoureuses de tes voyages ! Eh bien, il n'en est rien, puisque la belle Cadorin a pris ton cœur. Mais sais-tu que cette jeune fille est de pierre et qu'elle n'a pas d'âme ? Elle ressemble aux femmes des tableaux de Giorgione, auxquelles on ne peut vraiment rien reprocher, sinon de n'avoir ni chair ni sang et de n'exister que pour le plaisir de nos yeux. Sérieusement, je te donne un conseil : tiens-toi à distance, ou bien aurais-tu envie de jouer le troisième personnage mis à la porte et d'être la risée des domestiques de la Cadorin ? »

Baldassare se contenta de rire et ne trouva pas nécessaire de se justifier. Il vida quelques coupes de ce doux vin de Chypre qui a la couleur de l'huile, puis il rentra se coucher plus tôt que les autres.

Le lendemain déjà il alla trouver le vieux seigneur Cadorin dans son ravissant petit palais et s'appliqua de toutes les manières à lui être agréable et à s'attirer ses bonnes grâces. Le soir, il amena plusieurs musiciens et chanteurs et offrit à la jeune Dame une sérénade qui remporta un joli succès; elle vint à sa fenêtre pour les écouter et parut même un instant sur son balcon. Naturellement, la nouvelle courut aussitôt la ville entière; les badauds et les commères parlaient déjà des fiançailles et jasaient à l'envi en supputant le jour du mariage bien avant que Morosini eût endossé son habit de cérémonie pour aller présenter sa demande au père de Margherita; en effet, il passa outre à l'usage de l'époque qui voulait qu'on ne fît pas sa demande en son propre nom, mais par l'entremise de deux ou trois de ses amis. Très vite, cependant, les bavards impénitents eurent la joie de voir se confirmer leurs prophéties.

Quant au père de la jeune fille, il se trouva fort embarrassé lorsque le seigneur Baldassare lui exprima le désir de devenir son gendre.

« Mon très cher, l'adjura-t-il, Dieu sait que je ne sous-estime pas l'honneur que votre demande représente pour ma Maison. Cependant, je vous prie instamment d'abandonner vos projets, cela vous épargnerait, ainsi qu'à moi-même, bien des soucis et des fatigues. Vous ne pouvez pas savoir, puisque vous avez longtemps voyagé et vécu loin de Venise, dans quelles difficultés m'a déjà mis la malheureuse fille, et de quelle façon elle a repoussé sans aucun motif les demandes de deux honorables prétendants. Elle ne veut rien savoir de l'amour ni des hommes. J'avoue que je l'ai un peu gâtée, et maintenant je me sens trop faible pour briser son entêtement par la force. »

Baldassare écouta poliment, mais ne retira pas sa

demande ; au contraire, il se donna tout le mal possible pour redonner courage au vieil homme angoissé et pour lui remonter le moral. Enfin le père promit de parler à sa fille.

On peut deviner de quelle façon la demoiselle lui répondit. Sans doute, pour sauvegarder son orgueil fit-elle quelques objections insignifiantes, et devant son père joua-t-elle encore un peu la Dame, mais dans son cœur elle avait déjà dit oui, avant même que la question lui fût posée. Dès que Baldassare connut sa réponse, il se présenta, porteur d'un élégant et précieux cadeau, passa un anneau de fiançailles au doigt de sa promise et, pour la première fois, déposa un baiser sur sa bouche altière.

Les Vénitiens avaient maintenant quelque chose à admirer, à commenter, à jalouser. Personne ne se rappelait avoir vu un aussi beau couple. Ils étaient tous les deux grands et bien faits, elle à peine plus petite que lui. Elle était blonde, il était noir, ils avaient fière allure et aucun ne le cédait à l'autre en noblesse et en magnificence.

Une chose cependant ne plaisait pas à la ravissante fiancée ; son seigneur bien-aimé lui expliqua qu'il devait bientôt repartir en voyage à Chypre afin d'y régler d'importantes affaires. Aussitôt après son retour aurait lieu le mariage pour lequel la ville entière se réjouissait comme d'une festivité publique. En attendant, les fiancés coulaient des jours heureux ; Baldassare n'était jamais à court d'imagination en ce qui concernait les différents préparatifs, les cadeaux, les aubades, les surprises de tous genres, et il tenait compagnie à Margherita aussi souvent qu'il le pouvait. Passant outre aux sévères usages de l'époque, ils firent plusieurs fois ensemble de discrètes promenades en gondole couverte.

Si Margherita était infatuée d'elle-même et quelque peu cruelle, ce qui n'avait rien d'étonnant chez une jeune Dame noble et choyée, son fiancé, d'autre part, orgueilleux par tradition et peu habitué aux égards vis-à-vis d'autrui, n'était pas devenu plus doux durant sa vie de navigateur et après ses succès dans le monde. Plus il avait mis de soin à jouer l'homme aimable et vertueux lorsqu'il n'était que prétendant, plus il donnait libre cours à ses penchants et à sa vraie nature maintenant que le but était atteint. Il tenait de sa famille un caractère violent et despotique, et il s'était accoutumé, en qualité de marin et de riche marchand, à obéir en toute chose à ses propres désirs et à ne jamais se soucier de son prochain. Chose étrange, ce fut dans l'entourage de sa fiancée qu'il sentit dès le début certaines résistances, notamment de la part du perroquet, du petit chien Fino et du nain Filippo. Chaque fois qu'il les voyait, Baldassare entrait en fureur et s'ingéniait à les tourmenter ou à les faire prendre en grippe par leur maîtresse. Et chaque fois qu'il entrait dans la maison et que sa forte voix retentissait dans l'escalier en spirale, le chien prenait la fuite en hurlant, l'oiseau commençait à crier et à battre des ailes ; le nain se contentait de pincer les lèvres et de se taire avec obstination. Pour être juste, je dois dire que Margherita intervenait fréquemment, sinon en faveur des animaux, du moins dans l'intérêt de Filippo, et qu'elle essayait quelquefois de défendre le pauvre nain ; il est vrai qu'elle craignait d'irriter son bien-aimé et ne pouvait ou ne voulait pas empêcher certaines tracasseries et menues cruautés.

Le sort du perroquet fut promptement réglé. Un jour que le sire Morosini l'avait une nouvelle fois provoqué et le poursuivait avec une baguette, l'animal en colère lui happa la main dans son bec acéré et mordit l'un de ses doigts jusqu'au sang, après quoi Baldassare lui tordit le cou et le jeta dans l'étroit et obscur canal derrière la maison. Personne ne le pleura.

Quant au petit chien Fino, son destin ne fut pas meilleur. Peu de temps après, un jour que le fiancé de sa maîtresse entrait chez elle, le caniche s'était blotti dans un coin obscur de l'escalier, selon l'habitude qu'il avait prise de toujours se cacher à l'approche de ce personnage ; celui-ci, peut-être parce qu'il avait oublié dans sa gondole une chose qu'il ne voulait pas confier à un domestique, redescendit à l'improviste les marches de l'escalier. Effrayé et surpris, Fino aboya furieusement et fit un bond si rapide et si malencontreux qu'il faillit provoquer la chute du seigneur Baldassare. Trébuchant, celui-ci atteignit le sol du vestibule en même temps que le chien, et comme l'animal terrifié courait jusqu'au porche qui donnait directement sur le canal par quelques larges degrés de pierre, il lui décocha un si violent coup de pied, accompagné de farouches imprécations, que le caniche fut propulsé dans l'eau à une bonne distance du palais.

À cet instant, le nain, qui avait entendu les aboiements et les plaintes de l'animal apparut sur le seuil, où il se tint à côté de Baldassare qui riait de voir comment le petit chien à demi estropié tentait désespérément de nager. Au même moment, Margherita se montra au balcon du premier étage.

« Envoyez la gondole, bonté divine, cria Filippo, le souffle coupé, faites-le chercher, tout de suite, maîtresse ! Il se noie ! O Fino ! Fino ! »

Le seigneur Baldassare continuait à rire, et comme le batelier s'apprêtait à détacher la gondole, il lui défendit de le faire. Filippo se tourna encore une fois vers sa maîtresse pour l'implorer, mais celle-ci avait quitté le balcon sans dire un mot. Alors le nain se mit à genoux devant son bourreau et le supplia de sauver la vie à son chien. Le seigneur se détourna, indigné, lui ordonna brutalement de rentrer chez lui, et resta debout sur les marches de pierre jusqu'à ce que le petit Fino, hors d'haleine, eût disparu dans les flots.

Filippo s'était réfugié au dernier étage de la maison, sous les toits. Il s'assit là dans un coin, appuya sa grosse tête sur sa main et regarda fixement devant lui. Une jeune servante vint l'appeler de la part de sa maîtresse, puis un valet se rendit également auprès de lui, mais il ne bougea pas. Et comme la soirée s'avançait et qu'il était toujours à la même place, sa maîtresse finit par monter elle-même, une lampe à la main ; elle se tint debout devant lui et l'observa un moment.

« Pourquoi ne te lèves-tu pas ? demanda-t-elle. » Il ne fit aucune réponse. « Pourquoi ne te lèves-tu pas ? » demanda-t-elle une seconde fois. Le petit bossu la regarda et dit à voix basse :

« Pourquoi avez-vous fait périr mon chien ?

– Ce n'est pas moi qui l'ai fait, rectifia-t-elle.

– Vous auriez pu le sauver et vous l'avez laissé mourir, gémit le nain, oh ! mon chéri, oh ! Fino, Fino ! »

Alors Margherita se mit en colère, et sur un ton de réprimande, lui ordonna de se lever et d'aller se coucher. Il la suivit sans un mot et resta trois jours muet comme un cadavre, toucha à peine à la nourriture et demeura indifférent à tout ce qui se passait comme à tout ce qu'on disait autour de lui.

C'est à ce moment-là que la jeune Dame fut saisie d'une grande inquiétude. De différents côtés, elle avait entendu dire sur son ami des choses qui lui causaient beaucoup de souci. On prétendait que pendant ses voyages, le seigneur Morosini avait été un redoutable coureur de filles et qu'il avait abandonné à Chypre et dans d'autres lieux un grand nombre de maîtresses. En réalité, tout cela était vrai, aussi le doute et l'angoisse grandissaient-ils dans le cœur de Margherita qui ne pouvait penser au départ imminent de son fiancé sans soupirer amèrement. À la fin, elle n'y tint plus, et un matin que Baldassare était chez elle, elle lui dit tout, sans lui cacher aucune de ses craintes.

Il sourit : « Ma très chère, ma très belle, ce que l'on t'a rapporté est peut-être en partie mensonger, mais pour l'essentiel, c'est vérité pure. L'amour est pareil à la vague qui arrive, nous soulève, nous emporte avec elle sans que nous puissions lui résister. Néanmoins, je sais trop ce que je dois à ma fiancée, à la fille d'une aussi noble maison, et tu peux être tout à fait tranquille à ce sujet. J'ai rencontré et aimé ici et là mainte jolie femme, mais aucune d'entre elles ne peut rivaliser avec toi. »

Sous le charme qui émanait de sa force et de son audace, elle se calma, lui sourit et caressa sa main rude et hâlée. Mais sitôt qu'elle fut seule, la Dame sentit revenir toutes ses craintes, et elles ne lui laissèrent aucun repos, de sorte que cette femme si imbue de sa supériorité connaissait maintenant la jalousie, cette souffrance humiliante et secrète de l'amour, et que sous ses couvertures de soie, elle restait la moitié de la nuit sans pouvoir dormir.

Cette fâcheuse situation l'incita à se tourner de nouveau vers son nain Filippo. Entre-temps, celui-ci avait retrouvé sa manière d'être habituelle et faisait comme s'il avait tout à fait oublié la mort ignominieuse de son petit chien. Comme auparavant, il s'asseyait sur la terrasse, où il lisait ou racontait des histoires, pendant que Margherita éclaircissait ses cheveux au soleil. Une seule fois, elle se souvint encore de cette aventure. Un jour, comme elle lui demandait le sujet de sa profonde méditation, le nain répondit d'une voix singulière : « Dieu bénisse cette maison, maîtresse, car je vais bientôt la quitter, mort ou vif. » « Pourquoi donc ? » répliqua-t-elle. Il haussa les épaules d'une manière comique : « Je le pressens, maîtresse. L'oiseau est parti, le chien est parti, qu'est-ce que le nain aurait encore à faire ici ? » Margherita lui défendit sévèrement de tenir un tel langage et il n'en parla plus. La Dame désirait qu'il n'y pensât plus et fit en sorte qu'il eût de nouveau une entière confiance en elle. Mais lui, de son côté, lorsqu'elle lui parla de ses préoccupations, prit la défense de Baldassare sans trahir d'aucune manière le moindre ressentiment à son égard. De cette façon il regagna toute l'amitié de sa maîtresse.

Un soir d'été, tandis qu'un peu de fraîcheur venait de la mer, Margherita, accompagnée de son nain, monta dans la gondole qui les emmena au large. Lorsqu'ils arrivèrent dans les parages de Murano d'où la ville apparaissait au loin comme une blanche vision de rêve posée sur la lagune lisse et chatoyante, elle demanda à Filippo de lui raconter une histoire. Elle était mollement étendue sur les coussins noirs, le nain accroupi en face d'elle sur le plancher, le dos tourné à la haute proue de la gondole. Le soleil touchait la crête des montagnes presque invisibles dans la brume rose du soir; des cloches éparses se mirent à sonner sur Murano. À moitié endormi, assommé par la chaleur, le gondolier manœuvrait paresseusement sa longue rame et sa silhouette arc-boutée se reflétait avec la gondole dans l'eau striée de varech. De temps à autre passait un chaland ou une barque de pêcheurs dont la voile triangulaire masquait un instant les tours éloignées de la ville.

« Raconte-moi une histoire », ordonna Margherita; Filippo baissa sa grosse tête, joua avec les franges dorées de son habit, réfléchit encore un moment, puis se mit à raconter ce qui suit:

« À l'époque où mon père habitait encore Byzance, bien avant que je fusse né, il lui arriva quelque chose de tout à fait remarquable et inhabituel. Il exerçait alors la profession de médecin et de conseiller pour les cas difficiles, car il avait appris d'un Persan qui vivait à Smyrne aussi bien la thérapeutique que la magie, et possédait de solides connaissances dans les deux branches. Comme il était honnête homme et ne se fiait qu'à son art, sans jamais tromper ni flatter personne, il eut beaucoup à souffrir de la jalousie de maint escroc et charlatan, et il espérait depuis longtemps trouver une occasion de rentrer dans sa patrie. Cependant, mon pauvre père était bien résolu à ne pas s'en aller avant d'avoir au moins gagné une petite fortune à l'étranger, car il savait que les siens languissaient à la maison dans des conditions misérables. Plus la chance refusait de lui sourire à Byzance où il voyait tant de fourbes et d'incapables accéder à la richesse, plus mon père devenait triste et désespérait de pouvoir jamais sortir de sa misère sans recourir aux méthodes des charlatans. Ce n'est pas qu'il manquât de clients, car il aidait des centaines de personnes dans les situations les plus difficiles, mais il s'agissait pour la plupart de pauvres et petites gens, auxquels il aurait eu honte de demander plus qu'une somme dérisoire en échange de ses services. Dans ces circonstances pénibles, mon père avait déjà pris la décision de quitter la ville à pied et sans argent, ou de chercher quelque travail sur un bateau en partance. Cependant, il résolut d'attendre encore un mois, car il lui semblait que durant ce délai il pourrait bien rencontrer la chance, s'il en croyait les signes astrologiques. Mais cette période s'écoula sans que rien de pareil se produisît. Le dernier jour, il se mit donc tristement à réunir ses hardes et décida de se mettre en route le lendemain matin.

« Le soir de ce même jour, il errait le long du rivage, un peu en dehors de la ville, absorbé dans des pensées dont on peut imaginer la désolation. Le soleil était couché depuis longtemps, et déjà les étoiles répandaient leur blanche lumière sur la surface tranquille de la mer, lorsque soudain mon père entendit distinctement, tout près de lui, des soupirs plaintifs. Il regarda de tous côtés, et comme il ne voyait personne, il éprouva une grande frayeur, car il prit la chose pour un mauvais présage avant son départ. Cependant, lorsque les gémissements recommencèrent de plus belle, il prit son courage à deux mains et dit à haute voix : « Qui est là ? » Il entendit aussitôt un bruit d'eau remuée sur le rivage, et se dirigeant vers cet endroit, il vit une forme brillante étendue sous la clarté des étoiles. Croyant qu'il s'agissait d'un naufragé ou d'un baigneur, il s'approcha pour lui porter secours et découvrit avec surprise, émergeant de l'eau jusqu'à la ceinture, la plus belle, la plus svelte et la plus éclatante des sirènes. Qui pourrait décrire l'émerveillement de mon père lorsque la néréide lui adressa la parole d'une voix implorante : « N'es-tu pas le mage grec qui habite la rue jaune ?

« Oui, c'est moi, répondit-il le plus aimablement qu'il pût, que puis-je faire pour vous ?

« Alors la jeune sirène recommença à gémir en levant vers le ciel ses bras magnifiques, et, dans une supplication entrecoupée de soupirs, elle conjura mon père de prendre en pitié son tourment et de lui préparer un philtre puissant, car elle se consumait en vains désirs pour son bien-aimé. Pendant qu'elle parlait, ses beaux yeux l'imploraient avec tant de tristesse qu'il en fut tout ému. Il résolut aussitôt de l'aider ; cependant il lui demanda au préalable de quelle manière elle le récompenserait. Elle lui promit un collier de perles si long qu'une femme pourrait le passer huit fois autour de son cou. « Mais, ajouta-t-elle, tu n'obtiendras pas ce trésor avant que j'aie la certitude que ton pouvoir magique est efficace. »

« Sur ce point, mon père était sans inquiétude, car il était sûr de son art. Il se hâta de rentrer en ville, défit le baluchon qu'il avait soigneusement ficelé, et se mit à préparer avec tant d'empressement le philtre souhaité qu'il se trouvait de nouveau vers minuit sur le rivage à l'endroit précis où la sirène l'attendait. Il lui tendit la petite fiole contenant la précieuse liqueur, et après de chaleureux remerciements, elle l'invita à revenir la nuit suivante pour recevoir la récompense promise. Il s'en alla et passa le reste de la nuit et le lendemain dans une attente fébrile.

Car s'il ne pouvait avoir aucun doute sur la vertu de son breuvage, il ignorait cependant s'il pouvait se fier à la parole de l'ondine. À la nuit tombante, il se rendit donc à l'endroit convenu et n'attendit pas longtemps avant de voir la sirène émerger des vagues.

« Quelle épouvante saisit mon père, lorsqu'il vit ce que son art avait provoqué ! Comme l'ondine s'approchait, souriante, et lui montrait le lourd collier de perles, il vit qu'elle tenait dans ses bras le corps d'un jeune homme extraordinairement beau, qu'il reconnut à ses vêtements pour un marin grec. Son visage était d'une pâleur mortelle et ses cheveux bouclés flottaient sur les vagues, tandis que la sirène le serrait tendrement contre elle, et le berçait comme un petit garçon.

« À ce spectacle, mon père poussa un grand cri, maudissant son art et se maudissant lui-même, sur quoi la sirène disparut dans les profondeurs avec le corps de son bien-aimé. Sur la grève gisait le collier de perles, et comme le malheur était irréparable, mon père ramassa le joyau, l'emporta chez lui sous son manteau et le défila pour en vendre séparément chaque perle. Avec l'argent qu'il en avait tiré, il s'embarqua sur un bateau en partance pour Chypre et se crut pour toujours à l'abri de la misère. Mais cet argent était souillé du sang d'un innocent, de sorte que mon père tomba d'un malheur dans l'autre, et qu'il fut dépouillé de tout son bien soit par les tempêtes, soit par les pirates. Ce ne fut que deux ans plus tard qu'il atteignit sa patrie en naufragé, réduit à l'état de mendiant. »

Durant tout le récit, la Dame, étendue sur ses coussins, avait écouté avec la plus grande attention. Lorsque le nain se tut, elle aussi demeura silencieuse et plongée dans ses pensées jusqu'à ce que le gondolier s'arrêtât, attendant l'ordre de rentrer à la maison. Alors elle sursauta comme au sortir d'un rêve, fit un signe au batelier et ferma sur elle les rideaux de la cabine. Le rameur fit rapidement tourner la gondole qui s'envola vers la ville, tel un oiseau noir, et le nain accroupi resta seul à observer d'un regard calme et grave la lagune pleine d'ombre, comme s'il imaginait déjà une nouvelle histoire ; on atteignit très vite les quais, et la gondole se faufila à travers le Rio Panada et différents petits canaux jusqu'au palais.

Cette nuit-là, Margherita eut un sommeil agité. Comme le nain l'avait prévu, l'idée lui était venue, en écoutant l'histoire du philtre, de recourir elle-même à ce moyen pour enchaîner plus sûrement le cœur de son bien-aimé. Le jour suivant, elle aborda le sujet avec Filippo, non pas directement, mais par le détour de questions variées qui trahissaient sa gêne. Ce jour-là, elle se montra curieuse de savoir quelle était la nature de ce philtre, si aujourd'hui encore quelqu'un connaîtrait le secret de sa préparation, s'il ne contenait pas de poison ou d'essence nocive et enfin si son goût ne risquait pas d'éveiller les soupçons de celui qui le boirait. Le rusé Filippo répondit avec indifférence à toutes ces questions et fit comme s'il n'avait pas deviné les désirs secrets de sa maîtresse, de sorte qu'elle fut obligée de parler toujours plus clairement et finit par lui demander s'il ne se trouverait pas à Venise quelqu'un qui fût capable de confectionner ce breuvage.

Le nain se mit à rire et répliqua : « Vous semblez me croire bien dépourvu de capacités, maîtresse, si vous pensez que je n'aurais pas appris autrefois ces rudiments de magie chez mon père, qui était un si grand sage.

– Tu serais donc capable de préparer toi-même un tel philtre ? s'écria la Dame au comble de la joie.

– Rien n'est plus facile, répondit Filippo, seulement je ne puis concevoir, à vrai dire, pour quelle raison vous auriez besoin de mon art, puisque tous vos souhaits sont réalisés, et que vous avez pour fiancé l'un des hommes les plus beaux et les plus riches de Venise. »

Mais la Belle le pressait toujours, insistante, et à la fin, le nain accéda à son désir, non sans manifester une apparente répugnance. Il reçut de l'argent pour se procurer les racines et les mystérieux ingrédients dont il avait besoin et on lui promit un cadeau considérable une fois que l'affaire serait heureusement terminée.

Deux jours plus tard déjà il avait achevé ses préparatifs. Dès lors, il porta sur lui la petite fiole de verre bleu contenant le breuvage magique et qui provenait de la table de toilette de sa maîtresse. Comme le départ du seigneur Baldassare était imminent, il fallait faire vite. Quand celui-ci proposa, quelques jours plus tard, une promenade clandestine à sa fiancée, en plein après-midi, à l'heure où personne ne sort en cette saison à cause de la chaleur, Margherita et son nain pensèrent qu'il fallait saisir cette occasion.

À l'heure dite, quand la gondole de Baldassare s'arrêta à la porte, derrière la maison, Margherita était déjà prête, flanquée de son nain ; celui-ci déposa dans le bateau un flacon de vin et une petite corbeille de pêches, puis, après que les maîtres furent montés à bord, il y monta également et prit place à l'arrière sous les pieds du gondolier. Baldassare trouva fort déplaisant que Filippo les accompagnât, mais il se garda bien d'en faire la remarque, car il jugeait opportun, en ces derniers jours avant son départ, de se plier aux désirs de sa bien-aimée et de se montrer à son égard plus accommodant qu'il n'avait été jusqu'ici.

Le batelier repoussa la gondole. Baldassare ferma hermétiquement les rideaux et, bien à l'abri dans l'intimité de la cabine, il cajolait tendrement sa fiancée. Le nain était tranquillement installé à la poupe et contemplait les vieilles, hautes et sombres maisons du Rio dei Barcaroli, entre lesquelles le rameur engagea l'embarcation, qu'il conduisit jusqu'au vieux Palazzo Giustiniani, à côté duquel il y avait encore à l'époque un petit jardin, pour atteindre enfin la lagune, à la sortie du Grand Canal. C'est à cet endroit que s'élève aujourd'hui, comme chacun sait, le beau Palazzo Barozzi.

De temps en temps, un rire étouffé ou un léger bruit de baisers entrecoupé de bribes de conversation sortaient de la cabine bien close. Filippo n'était pas curieux ; il regardait la mer, tantôt du côté de la Riva ensoleillée, tantôt dans la direction de la tour élancée de San Giorgio Maggiore, ou encore en arrière, vers les colonnes surmontées de lions de la Piazzetta. Par moments, il observait en clignant des yeux le travail régulier du rameur ou bien il trempait et agitait dans l'eau une baguette d'osier trouvée au fond de la barque. Son visage était aussi laid et immobile qu'à l'accoutumée, et ne reflétait rien de ses pensées. Il songeait justement à son petit chien noyé, au perroquet étranglé et se disait que tous les êtres vivants, hommes et animaux, sont si constamment guettés par la ruine que, sur cette terre, nous ne pouvons rien prévoir ni connaître hors le fait inéluctable de la mort. Il pensait à son père, à sa patrie, à tout ce qu'il avait vécu ; une expression ironique effleura son visage à la pensée que presque partout dans le monde, les sages se mettent au service des fous, et que la vie de la plupart des hommes ressemble à une triste comédie. Et tout en souriant, il regardait son riche vêtement de soie.

Tandis qu'il était tranquillement assis dans son coin, esquissant un sourire, se produisit l'incident qu'il avait attendu pendant toute la promenade : la voix de Baldassare retentit à l'intérieur de la cabine, puis celle de Margherita qui demandait : « Où as-tu mis le vin et la coupe, Filippo ? » Le seigneur avait soif et le moment était venu de lui administrer ce philtre mélangé au vin.

Il déboucha son petit flacon bleu, versa la liqueur dans

la coupe, puis la remplit de vin rouge. Margherita ouvrit les rideaux et le nain se mit en devoir de la servir, offrant des pêches à la Dame, tandis qu'il présentait la coupe au fiancé. Elle jeta au nain un coup d'œil interrogateur et paraissait pleine d'inquiétude.

Le seigneur Baldassare leva la coupe et la porta à sa bouche. À cet instant, son regard tomba sur le nain debout devant lui et soudain un soupçon s'éleva dans son esprit.

« Halte-là ! cria-t-il, on ne doit pas se fier à un drôle de ton espèce. Avant de boire, je veux te voir goûter à ce vin. »

Filippo ne sourcilla pas.

« Ce vin est bon », dit-il poliment.

Mais l'autre demeurait méfiant.

« Est-ce que par hasard tu n'oserais pas en boire, mon bonhomme ? demanda-t-il, l'air mauvais.

– Pardonnez-moi, seigneur, répliqua le nain, je ne suis pas habitué à boire du vin.

– Alors, je te l'ordonne. Pas une goutte de ce vin ne touchera mes lèvres avant que tu n'en aies bu toi-même.

– Soyez sans crainte », dit Filippo en souriant ; il s'inclina, prit la coupe des mains de Baldassare, but une gorgée et la lui rendit. Baldassare le regarda, puis vida la coupe d'un seul trait.

Il faisait très chaud, la lagune étincelait d'une lumière aveuglante. Les amoureux cherchèrent à nouveau l'ombre derrière les rideaux, le nain s'assit à l'écart sur le plancher de la gondole, passa la main sur son large front et pinça sa vilaine bouche comme s'il éprouvait une douleur.

Il savait que dans une heure il ne serait plus en vie. Le philtre était un poison. Une singulière impression d'attente s'empara de son âme, si proche maintenant des portes de la mort. Il regarda en arrière, vers la ville, et se rappela les réflexions auxquelles il s'était livré peu de temps auparavant. En silence, il regardait fixement l'eau scintillante et méditait sur le cours de son existence. Quelle monotonie et quelle pauvreté – un sage au service des fous, une insipide comédie. Lorsqu'il sentit les battements de son cœur devenir irréguliers et son front se couvrir de sueur, il lança un amer éclat de rire.

Personne ne l'entendit. Le batelier était à moitié endormi ; derrière les rideaux, la belle Margherita, terrifiée, s'occupait de Baldassare pris d'un soudain malaise et qui expirait dans ses bras, et se refroidissait déjà. Poussant un cri de douleur, elle se précipita dehors. Là, comme assoupi, gisait son nain, dans ses splendides vêtements de soie, mort au fond de la gondole.

Le retour de la fatale gondole transportant les deux cadavres glaça d'épouvante toute la ville.

Donna Margherita sombra dans la folie, mais vécut bien des années encore. De temps à autre, elle apparaissait sur son balcon, s'appuyait à la balustrade, et chaque fois qu'il passait une barque ou une gondole, elle criait aux bateliers : « Sauvez-le ! Sauvez le chien ! Sauvez Fino ! » Mais on la connaissait bien et l'on n'y faisait pas attention.

JUIN

Titre original de la nouvelle
HEUMOND

Traduit de l'allemand par
HERVÉ DU CHEYRON DE BEAUMONT

LA maison des « Aulnes » se trouvait non loin des forêts et des montagnes, dans la haute plaine.

Devant la maison, il y avait un grand espace couvert de gravier où débouchait la route. Les voitures des visiteurs pouvaient s'y arrêter. Mais cette place carrée était généralement vide et silencieuse ; elle n'en paraissait que plus grande, surtout à la belle saison, quand la lumière aveuglante du soleil et l'air vibrant de chaleur l'envahissaient et ôtaient à chacun l'idée de la traverser.

Cette place et la route séparaient la maison du jardin. « Jardin », disait-on, bien que ce fût plutôt un parc assez grand, pas très large mais profond, avec des ormes, des érables et des platanes imposants, des sentiers sinueux, un bois de jeunes sapins et de nombreux bancs. Çà et là, s'étendaient de charmantes pelouses, les unes vides, les autres ornées de corbeilles ou de plantes d'agrément. Au milieu de ces espaces clairs et gais se dressaient, insolites, deux grands arbres solitaires. L'un était un saule pleureur. Un étroit banc de planches en faisait le tour et les longs rameaux, las et soyeux, pendaient si bas, en un rideau si épais qu'à l'intérieur on se serait cru sous une vaste tente ou même dans un temple. Il y régnait, en permanence, malgré la pénombre, une chaleur étouffante.

L'autre arbre, séparé du saule par un pré que fermait une clôture basse, était un énorme hêtre rouge. De loin, il semblait brun foncé, presque noir. Mais si l'on s'approchait ou si, debout près du tronc, on levait les yeux vers le faîte, on voyait les feuilles les plus éloignées transformées par le soleil en un brasier pourpre, qui resplendissait comme un vitrail d'un éclat contenu et solennel. Le vieux hêtre rouge était l'ornement le plus célèbre et le plus remarquable du grand jardin ; il était visible partout. Sombre et solitaire, au milieu du gazon clair, il s'élevait assez haut pour que l'on pût voir de n'importe quel point du parc son sommet arrondi et touffu se détacher sur le bleu du ciel. Plus l'azur était limpide et éblouissant, plus noire et majestueuse s'y profilait la frondaison de l'arbre. Son aspect variait beaucoup, selon le temps qu'il faisait ou le moment de la journée. Il donnait souvent l'impression d'être conscient de sa beauté et de connaître les raisons de son orgueilleux isolement.

Dominant toutes choses, il dressait dans le ciel sa stature altière. Mais souvent il avait l'air de savoir qu'il était au jardin le seul de son espèce et n'avait point de frères. Alors, il regardait avec regret les autres arbres au loin.

C'est le matin qu'il était le plus beau, et le soir, tant que le soleil était rouge ; ensuite il s'éteignait d'un seul coup et la nuit semblait venir une heure plus tôt alentour.

Les jours de pluie, il offrait l'aspect le plus singulier mais aussi le plus morne. Tandis que les autres arbres respiraient, s'étiraient et reluisaient joyeusement dans leur verdure plus claire, lui, noir de la tête au pied, dans sa solitude, il semblait mort. Il ne tremblait pas, mais l'on voyait qu'il avait froid et qu'il souffrait de son abandon.

Le tracé régulier du parc avait été autrefois un chef-d'œuvre de rigueur. Puis vint un temps où l'on se lassa de le tailler et d'en prendre soin et nul ne s'inquiéta plus des plantations péniblement obtenues ; alors les arbres en furent réduits à leurs propres ressources. Ils se lièrent d'amitié, oublièrent le rôle décoratif que leur assignait leur isolement, se rappelèrent dans leur malheur la forêt de leurs ancêtres, s'appuyèrent les uns aux autres, s'enlacèrent pour mieux se soutenir. Ils dissimulèrent sous d'épais feuillages les chemins tirés au cordeau, étendirent vers eux leurs racines, les recouvrirent d'un humus nourricier et entremêlèrent étroitement leurs cimes. Ils virent tout un peuple d'arbrisseaux se hâter de croître sous leur couvert, remplir l'espace vide de leurs troncs plus lisses et de leurs feuilles aux couleurs plus claires, conquérir le sol inculte de leur ombre et de leurs feuilles tombées, rendre la terre noire, molle et grasse. Mousses, graminées et broussailles trouvèrent alors un terrain favorable.

Quand plus tard les hommes revinrent et voulurent faire de l'ancien jardin un lieu de repos et de divertissement, il était devenu une petite forêt. On dut se résigner. Le vieux chemin entre les deux rangées de platanes fut sans doute remis en état, mais à part cela on se contenta de tracer d'étroits et sinueux sentiers à travers les fourrés, de semer du gazon sur les clairières sauvages et d'installer aux emplacements favorables des bancs verts. Ceux dont les aïeuls avaient planté les platanes au cordeau, les taillant, les disposant et les façonnant à leur guise, venaient maintenant avec leurs enfants leur rendre visite, heureux de voir les allées si longtemps délaissées devenues une forêt où le soleil et le vent pouvaient s'arrêter, les oiseaux chanter et les gens s'abandonner à leurs pensées, leurs rêves et leurs désirs.

Paul Abderegg était étendu dans la pénombre, entre les bosquets et le pré. Il avait à la main un livre à la reliure blanc et rouge. Tantôt il lisait, tantôt il regardait par-dessus l'herbe le volettement des papillons bleus. Il en était au passage où Frithjof franchit les mers, Frithjof l'amoureux, le sacrilège, le banni. Debout, à la barre, l'amertume et le regret au cœur, il cingle sur la mer inhospitalière ; la tempête assaille le rapide drakkar et une cruelle nostalgie accable le vaillant timonier.

La chaleur écrasait le pré, les grillons chantaient haut et clair et à l'intérieur du petit bois résonnait le chant plus grave et plus doux des oiseaux. Quel bonheur de rester allongé dans cette solitude confusément traversée de sons, de parfums et de lumières et de cligner des yeux vers le ciel ardent, quel bonheur d'écouter derrière soi la voix des arbres sombres, ou les yeux clos, de s'étirer et de se laisser envahir par la chaleur bienfaisante. Mais Frithjof naviguait ; demain on attendait des visites, et s'il ne terminait pas son livre aujourd'hui, il l'abandonnerait sans doute comme à l'automne dernier. Étendu au même endroit, il avait commencé la légende de Frithjof, des visites étaient venues et il avait renoncé à sa lecture. Le livre était resté là ; lui avait retrouvé la ville et l'école mais Homère et Tacite ne l'avaient pas empêché de penser à sa lecture interrompue et il s'était demandé ce qui allait se passer dans le temple, avec l'anneau et la statue.

Il lisait à mi-voix, avec une passion accrue ; un vent léger passait sur lui, venu des frondaisons des ormes ; le peuple des oiseaux chantait et partout volaient les papillons diaprés, les mouches et les abeilles. Lorsqu'il referma son livre et sauta sur ses jambes, sa lecture était terminée, l'ombre avait envahi le pré et le soir mourait dans le ciel rose. Un abeille lasse se posa sur sa manche et se laissa porter. Les grillons chantaient toujours. Paul s'éloigna d'un pas rapide, traversa les buissons et l'allée de platanes, franchit la route et l'esplanade et pénétra dans la maison. C'était un beau garçon élancé, dans toute la force de ses seize ans. Les yeux dans le vague, il baissait la tête, encore absorbé par le destin du héros nordique.

La pièce où l'on prenait les repas pendant l'été était

située tout au bout de la maison. C'était un hall spacieux que seul un vitrage séparait du jardin, une sorte de petite aile qui faisait saillie hors du bâtiment. Là se trouvait le jardin proprement dit, que l'on appelait depuis toujours « le bord du lac », bien que, en fait de lac, il n'y eût qu'un petit étang qui s'étirait entre les plates-bandes, les palissades, les allées et les plantations d'arbres fruitiers. L'escalier qui conduisait de ce hall à l'extérieur était bordé de lauriers-roses et de palmiers ; au demeurant, le « bord du lac » n'avait rien de seigneurial et n'offrait qu'un aspect agréablement champêtre.

Alors, nos braves gens arrivent demain, dit le père. J'espère que tu es content, Paul ?

– Eh bien, oui…

– Pas du fond du cœur, n'est-ce pas ? Mon garçon, il n'y a rien à faire : la maison et le jardin sont bien trop grands pour nous, et tu voudrais que personne ne profite de toutes ces merveilles ! Une maison de campagne et un parc sont faits pour que des gens y courent joyeusement et plus il y en a, mieux ça vaut. Au fait, tu arrives avec un retard considérable. Il n'y a plus de potage. Puis s'adressant au précepteur :

– On ne vous voit jamais au jardin, monsieur, je croyais que vous aviez la passion de la campagne.

M. Homburger se renfrogna.

Vous avez peut-être raison. Mais je voudrais dans la mesure du possible consacrer la période des vacances à mes études personnelles.

– Vous avez toute ma considération, monsieur Homburger. Si jamais le monde s'emplit de votre renommée, je ferai poser une plaque sous votre fenêtre. Et j'espère bien voir cela.

Le visage du précepteur se crispa. Il était très nerveux.

Vous surestimez mon ambition, dit-il d'un ton glacial. Il m'est bien égal que mon nom soit connu ou non. Quant à la plaque…

– Oh ! soyez sans crainte, cher monsieur ! Mais vous êtes décidément trop modeste. Paul, prends modèle !

La tante jugea le moment venu de voler au secours du précepteur. Elle connaissait bien ces dialogues mondains qui faisaient la joie du maître de céans mais qu'elle redoutait à l'extrême. Tout en offrant du vin, elle dirigea la conversation sur d'autres voies et parvint à l'y maintenir.

On parla principalement des hôtes attendus. Paul écoutait à peine. Il mangeait avec énergie et se demandait pourquoi son père, malgré ses cheveux grisonnants, semblait moins âgé que le jeune précepteur.

Devant les fenêtres et les portes vitrées, le jardin, les arbres, l'étang et le ciel atteints par le premier frisson de la nuit, commençaient à se transformer. Les buissons, devenus noirs, se fondaient en une houle sombre et les arbres dont les cimes dépassaient la ligne des collines lointaines, dressaient vers le ciel plus clair en un élan de passion muette, des silhouettes obscures et insolites, que le jour ne révélait pas. Le paysage divers et fertile perdait de plus en plus son caractère paisible et varié et ne formait plus que des masses compactes. Au loin, les montagnes jaillissaient plus hardiment, la plaine s'étendait, noirâtre, ne laissant deviner que les plus forts mouvements du sol. Devant les fenêtres, la clarté du jour finissant luttait encore faiblement avec la lumière de la lampe.

Paul, debout dans le battant ouvert de la porte, regardait vaguement devant lui, l'esprit à peu près vide. Il pensait pourtant, mais pas à ce qu'il voyait. Il voyait la nuit tomber. Mais il n'en sentait pas la beauté. Il était trop jeune, trop vivant pour s'y arrêter, pour la contempler avec joie. Il pensait à une nuit sur une mer nordique. Sur le rivage, entre des arbres noirs, l'incendie du temple déroule vers le ciel ses flammes et sa fumée sinistre ; sur les rochers se brise la mer qui reflète d'énormes lumières rouges ; dans l'ombre s'enfuit à pleine voile un bateau viking :

– Eh bien, mon garçon, s'écria le père, quel bouquin lisais-tu aujourd'hui ?

– Oh ! Frithjof !

– Tiens, les jeunes gens lisent encore cela ? Monsieur Homburger, qu'en pensez-vous ? Que dit-on de nos jours de ce vieux Suédois ? Fait-on cas de lui ?

– Vous voulez parler d'Esagas Tegner ?

– C'est cela, Esagas Tegner. Eh bien ?

– Il est mort, monsieur Abderegg, et bien mort.

– Je le crois volontiers ! Il l'était déjà de mon temps, je veux dire lorsque je le lisais. Je voulais vous demander s'il est encore à la mode.

– Je regrette, mais je ne suis au courant ni de la mode ni des modes. Pour ce qui est de la valeur scientifique et esthétique…

– Oui, c'est ce que je voulais dire. La science donc… ?

– L'histoire littéraire n'a retenu que le nom de ce Tegner. Il n'a été, comme vous l'avez dit très justement, qu'une mode. Et tout est dit. L'authentique, le valable n'est jamais à la mode, il est vivant. Et Tegner est bien mort comme je viens de le dire. Il n'existe plus pour nous. Il nous semble faux, guindé, fade…

Paul se retourna brusquement.

– Ce n'est pas possible, monsieur Homburger !

– Puis-je vous demander pourquoi ?

– Parce que c'est beau ! Oui, c'est beau, tout simplement.

– Tiens donc, ce n'est quand même pas une raison pour vous énerver de la sorte.

– Mais vous dites que c'est fade et sans valeur. Alors que c'est vraiment beau.

– Croyez-vous ? Puisque vous savez si bien ce qui est beau, vous devriez enseigner à l'université. Mais comme vous le voyez, Paul, … cette fois, votre jugement ne concorde pas avec l'esthétique. Voyez-vous, c'est justement à l'inverse de Thucydide. Lui, la science le trouve beau, mais Frithjof…

– Ah ! Mais cela n'a rien à voir avec la science.

– Il n'est absolument rien au monde à quoi la science soit étrangère… Permettez, monsieur Abderegg, que je prenne congé.

– Déjà ?

– J'ai encore à écrire.

– Dommage, notre conversation commençait à être bien intéressante. Mais enfin, la liberté avant tout ! Bonne nuit !

M. Homburger quitta la pièce, courtois et compassé, et disparut sans bruit dans le corridor.

– Alors, ces vieilles aventures t'ont plu, Paul ? dit le maître de maison en riant. Ne laisse surtout pas la science gâcher ton plaisir, à moins que tu n'y tiennes vraiment. Tu n'es pas fâché, au moins !

– Ah ! ce n'est rien. Mais tu comprends, j'espérais que M. Homburger ne viendrait pas avec nous à la campagne. Tu avais dit que je n'avais pas besoin de bûcher pendant les vacances.

– Oui, j'ai bien dit cela et tu peux en être content. Quant à M. le précepteur, il ne mord pas, tout de même !

– Pourquoi est-il venu ?

– Vois-tu, mon garçon, où serait-il allé ? Il n'a pas la vie bien belle chez lui. Et puis je veux m'amuser ! La fréquentation des hommes instruits et cultivés est d'un grand profit, sache-le. Je n'aimerais pas être privé de la présence de notre M. Homburger.

– Ah ! Papa, avec toi, on ne sait jamais si tu plaisantes ou si tu parles sérieusement.

– Eh bien ! apprends à distinguer, mon fils. Cela te sera utile. Maintenant, nous allons faire un peu de musique, n'est-ce pas ?

Paul entraîna son père dans la pièce voisine, tout joyeux.

Il n'était pas si fréquent que Papa jouât avec lui sans qu'il l'en priât. Rien d'étonnant à cela, car le père était un pianiste virtuose et le jeune garçon ne pouvait rivaliser avec lui.

Tante Grete resta seule. Le père et le fils étaient de ces musiciens qui acceptent difficilement un auditeur en leur présence mais le tolèrent dès lors qu'il demeure invisible, dans la pièce voisine. La tante le savait. Comment ne l'aurait-elle pas su ? Comment le moindre trait de caractère de ces êtres chers lui eût-il échappé ? Elle les entourait depuis des années d'une affection vigilante et les considérait comme des enfants.

Immobile, dans un siège de rotin, elle écoutait. Bien qu'elle n'entendît certainement pas pour la première fois cette ouverture jouée à quatre mains, elle eût été incapable d'en dire le titre ; car si elle aimait la musique, elle la comprenait peu. Elle savait que le père ou le fils lui demanderait en sortant : Tante, quel morceau était-ce ? Elle dirait : « C'est de Mozart » ou « c'est dans Carmen ». Ils se moqueraient d'elle car ses réponses n'étaient jamais les bonnes.

Elle écoutait, penchée en arrière, en souriant. Personne, malheureusement, ne voyait ce sourire qui était un vrai sourire.

Il naissait moins sur les lèvres que dans les yeux. Le front et les joues lui donnaient vie et chaleur et l'on y lisait une compréhension profonde et un amour immense.

Elle écoutait en souriant. La musique était belle et lui plaisait beaucoup. Pourtant elle n'écoutait pas seulement l'ouverture, bien qu'elle s'efforçât de n'en rien perdre. Elle cherchait d'abord à deviner qui faisait la première et la seconde partie. Paul, elle l'eut bientôt découvert. Non pas qu'il trébuchât, mais la mélodie rendait un son si léger, si hardi, chantait avec une telle ferveur qu'elle n'eût pu naître que sous les mains d'un écolier. À présent, la tante imaginait toute la scène. Elle les voyait, tous les deux, assis devant le piano à queue. Aux passages les plus beaux, le père souriait avec tendresse et Paul, les lèvres ouvertes, les yeux ardents, se redressait sur son siège. Aux endroits les plus vifs, elle guettait le rire de Paul. Car le père ébauchait parfois une grimace ou faisait de la main un geste si primesautier qu'un jeune garçon n'aurait pu garder son sérieux.

Plus l'ouverture se déployait, plus la vision de la vieille demoiselle se faisait nette, plus elle découvrait les sentiments qui effleuraient les visages animés. La vie, l'expérience et l'amour passaient sur les ailes de la musique.

On s'était souhaité une bonne nuit et chacun était allé dans sa chambre. De temps à autre, une porte claquait, une fenêtre s'ouvrait ou se fermait. Puis le silence se fit.

Le silence de la nuit qui semble tout naturel aux gens de la campagne fait toujours l'émerveillement du citadin. Celui qui déserte la ville pour se rendre à la campagne, dans sa propriété ou dans une ferme, est enveloppé, le soir venu, par le silence, comme par l'atmosphère enchantée du pays natal ou d'une terre d'asile. Il a conscience d'être plus proche des vérités naturelles et sent passer sur lui le souffle de l'éternité.

Pourtant ce n'est pas un silence absolu. Il est peuplé de voix, mais ce sont les voix étouffées, mystérieuses de la nuit, alors que, à la ville, les bruits de la nuit se distinguent à peine de ceux du jour.

C'est le chant des grenouilles, le murmure des arbres, le clapotis du ruisseau, le vol d'un oiseau de nuit, d'une chauve-souris. Et s'il arrive que la voiture d'un paysan attardé passe en trombe ou qu'un chien de ferme se mette à aboyer, ces bruits semblent alors des messages de vie bientôt assourdis et majestueusement engloutis dans l'immensité.

Le précepteur, inquiet et las, faisait les cent pas dans sa chambre, dont la lumière brillait encore. Il avait lu toute la soirée jusque vers minuit. Le jeune M. Homburger n'était point ce qu'il paraissait ou ce qu'il voulait paraître. Ce n'était pas un penseur. Ce n'était même pas un esprit scientifique. Mais il avait quelques dons et il était jeune. Tous les idéaux s'offrent à qui n'a pas trouvé son équilibre.

Les livres qui l'occupaient pour le moment avaient pour auteurs ces jeunes gens étonnamment dociles qui s'imaginaient travailler à l'édification d'une culture nouvelle en pratiquant une langue harmonieuse et en ornant leur style de menus joyaux interchangeables, dérobés à Ruskin ou à Nietzsche. Ces livres mignards étaient bien plus amusants à lire que Ruskin ou Nietzsche eux-mêmes ; ils cultivaient la moindre nuance et chatoyaient comme le satin. Et pour frapper les esprits, exprimer la force du Verbe ou de la Passion, ils citaient Dante ou Zarathoustra.

Voilà pourquoi le front de Homburger était sombre, son œil las d'avoir parcouru d'immenses espaces et son pas nerveux et inégal. Il sentait que les murailles qui enfermaient l'insipide univers quotidien allaient être battues en brèche et qu'il s'agissait d'écouter les prophètes et les annonciateurs du nouveau salut. La Beauté et l'Esprit illumineraient ce monde nouveau où chaque pas serait source de Poésie et de Sagesse.

Devant ses fenêtres, tout semblait attendre : le ciel étoilé, le nuage suspendu, le parc perdu dans son rêve, la respiration des champs endormis et toute la beauté de la nuit. Elle attendait qu'il s'approche et la contemple. Elle attendait de blesser son cœur d'une ardeur nostalgique, de baigner ses yeux de fraîcheur, de dénouer les ailes de son âme captive. Mais il se mit au lit, approcha la lampe et poursuivit sa lecture.

Chez Paul Abderegg, la lumière était éteinte, mais il ne dormait pas ; assis, en chemise, sur le rebord de la fenêtre, il regardait les frondaisons paisibles. Frithjof, le preux, était oublié. Paul ne pensait d'ailleurs à rien de précis, il goûtait seulement l'heure tardive et le bonheur intense qu'il y puisait l'empêchait de dormir. Que les étoiles belles dans le noir ! Et que son père avait bien joué ! Et que le jardin dans l'ombre était calme et féerique !

La nuit de juin enveloppait tendrement l'adolescent, l'accueillait en silence, apaisait le feu qui brûlait encore en lui. Doucement elle endormait l'exubérance de sa jeunesse, apaisait l'éclat de ses yeux, rafraîchissait l'ardeur de ses tempes, puis souriant comme une mère, plongeait son regard dans le sien. Il ne savait plus qui le regardait ni où il était, il sommeillait à présent sur sa couche, respirant profondément et contemplant, l'esprit vide et le corps abandonné, le miroir des grands yeux tranquilles où les images du présent et du passé, bizarrement confondues, devenaient des figures de légende difficiles à démêler.

La fenêtre du précepteur n'avait plus de lumière. Un voyageur passant en cet instant sur la route et découvrant la maison, l'esplanade, le parc, le jardin endormis et silencieux, eût sans doute jeté un regard de regret et d'envie sur ce paisible spectacle. Et un mendiant eût pénétré sans crainte dans ce parc ouvert à tout venant et eût choisi le banc le plus long pour y passer la nuit.

Le lendemain matin, le précepteur fut contre son habitude réveillé avant tous les autres. Il n'en était pas plus gai. Une longue lecture à la clarté de la lampe lui avait donné mal à la tête ; lorsque enfin il avait éteint sa lumière, son lit était trop chaud et trop en désordre pour qu'il pût dormir ; il se leva donc, l'esprit vide, frissonnant et les yeux las. Bien qu'il ressentît plus nettement que jamais la nécessité d'une nouvelle Renaissance, il n'avait pour l'instant aucune envie de continuer à étudier, il n'éprouvait qu'un grand besoin d'air frais. Il sortit sans bruit de la maison et se dirigea lentement vers les champs.

Partout les paysans étaient déjà au travail; ils n'accordèrent qu'un rapide regard au grave promeneur, regard que celui-ci, par une réaction habituelle chez lui, jugea moqueur. Vexé, il se hâta vers la forêt toute proche où une douce et fraîche pénombre l'enveloppa. Une demi-heure durant, il traîna son humeur chagrine.

Puis il ressentit un grand vide intérieur et se demanda si l'heure du café allait enfin venir. Faisant demi-tour, il courut vers la maison, le long des champs que le soleil chauffait déjà et où, infatigables, les paysans travaillaient toujours. Arrivé à la porte d'entrée, il lui parut soudain peu distingué de se précipiter aussi gloutonnement vers le petit déjeuner. Se faisant violence, il retourna sur ses pas, et résolut de marcher un peu de temps encore à pas mesurés à travers les allées du parc, pour ne point apparaître à table hors d'haleine. Adoptant le pas nonchalant du promeneur qui prend son temps, il déambula dans l'allée de platanes. Parvenu au coin des ormes, il allait faire demi-tour lorsqu'un spectacle imprévu le fit tressaillir. Sur le dernier banc que des buissons de sureau dissimulaient en partie, quelqu'un était étendu de tout son long sur le ventre, le visage appuyé sur les coudes et les mains. Dans sa frayeur, M. Homburger pensa à quelque crime horrible mais la respiration profonde et régulière de l'homme indiquait clairement qu'il dormait. Il était vêtu de loques et à mesure que le pédagogue se rendait compte qu'il avait à faire à un tout jeune homme probablement peu vigoureux, il sentait grandir en son âme courage et indignation. La certitude de sa supériorité virile l'envahit, lorsque s'étant approché d'un pas ferme, il entreprit après quelque hésitation de secouer le dormeur.

– Levez-vous, mon gaillard! Que faites-vous ici?

Le jeune ouvrier se redressa avec peine, regardant droit devant lui, l'air hébété et inquiet. Il voyait un monsieur impérieux, vêtu d'une redingote et réfléchit un instant au sens de cette apparition jusqu'à ce qu'il se rappelât être entré dans un jardin ouvert, pour y passer la nuit. Il avait eu l'intention de repartir à l'aube et maintenant, encore tout ahuri de sommeil, il regardait cet homme qui lui demandait des comptes.

– Avez-vous perdu l'usage de la parole ? Que faites-vous ici ?

– J'ai seulement dormi, soupira le jeune garçon abasourdi, en se mettant sur ses jambes. Debout, son corps frêle confirmait l'expression de jeunesse et d'inachèvement de son visage encore enfantin. Il avait tout au plus dix-huit ans.

– Venez avec moi ! ordonna le précepteur et il emmena l'étranger qui le suivit docilement vers la maison. À la porte se tenait M. Abderegg.

– Bonjour, monsieur Homburger, vous êtes matinal ! Mais quel singulier invité amenez-vous là ?

– Ce garçon a pris votre parc pour un asile de nuit. J'ai cru devoir vous en informer.

Le maître de maison comprit aussitôt. Il sourit d'un air entendu.

– Je vous remercie, cher monsieur. À parler franc, je ne vous aurais pas cru le cœur aussi tendre. Mais vous avez raison. Il est clair que ce pauvre garçon attend au moins une tasse de café. Peut-être irez-vous dire à mademoiselle de bien vouloir lui envoyer un petit déjeuner ? Ou bien, non, attendez, nous l'emmenons à la cuisine. Venez vous restaurer, petit.

À table le cofondateur de la culture nouvelle s'entoura d'un olympien nuage de gravité silencieuse. Ce qui réjouit fort le vieux monsieur. Il n'y eut pourtant pas de taquineries ; les invités attendus le jour même occupaient toutes les pensées.

La tante trottait, souriante, attentive à tout, d'une pièce à l'autre, les domestiques prenaient une part discrète à l'agitation générale, se permettant parfois un sourire d'approbation et vers midi le maître de maison monta en voiture avec Paul pour se rendre à la gare voisine.

S'il était bien dans le caractère de Paul de redouter les visites qui venaient déranger la vie calme et réglée de ses vacances, il n'éprouvait pourtant pas la moindre difficulté à faire, à sa façon, la connaissance des nouveaux venus, les observant patiemment et finissant toujours par les adopter.

Sur le chemin du retour, dans la voiture un peu trop chargée, il regardait avec une attention silencieuse ces trois personnes étrangères, le professeur d'abord qui parlait avec animation, puis non sans appréhension, les deux jeunes filles.

Le professeur lui plaisait : Paul savait qu'il était depuis longtemps un ami de son père. Au reste, il le trouvait un peu sévère, un peu vieux, mais pas antipathique, en tout cas extraordinairement intelligent. Il était beaucoup plus difficile de juger les deux jeunes filles. L'une était ce qu'on appelle une petite jeune fille, à peu près du même âge que lui. Il importerait de savoir si elle appartenait à la race des moqueuses ou des bonnes filles ; la guerre ou l'amitié en dépendrait.

Au fond, toutes les filles de cet âge étaient pareilles et avec toutes, la difficulté de parler et de s'entendre était la même. Il lui plaisait qu'elle gardât le silence et ne déballât pas aussitôt tout un sac de questions.

L'autre était plus énigmatique. Bien qu'il ne sût guère estimer les âges, il lui donnait vingt-trois ou vingt-quatre ans. Ce genre de femmes plaisait fort à Paul qui se contentait cependant de les contempler de loin : en leur présence, il était paralysé par la gêne et la timidité. Il ne savait distinguer la beauté naturelle de ces créatures de l'élégance de leur maintien et de leur toilette, trouvait leurs gestes et leurs coiffures presque toujours affectés et soupçonnait chez elles une foule de connaissances supérieures concernant des choses fort mystérieuses pour lui.

Quand il réfléchissait à tout cela, il se disait qu'il détestait cette race. Elles étaient toutes belles, mais elles avaient toutes la même gentillesse humiliante, la même assurance dans le comportement, les mêmes orgueilleuses prétentions et la même dédaigneuse condescendance envers les adolescents de son âge. Quant à leurs rires ou leurs sourires dont elles n'étaient pas avares, ils n'étaient qu'artifices. Les jeunes filles de seize ans étaient bien plus supportables.

Outre les deux hommes, seule Mlle Thusnelde, la plus âgée et la plus élégante, prenait part à la conversation. La petite Berta aux blonds cheveux observait un silence aussi craintif et aussi opiniâtre que Paul auquel elle faisait face. Elle portait un grand chapeau de paille écrue, mollement relevé et orné de rubans bleus et une robe d'été bleu pâle en tissu léger, avec une ceinture lâche et d'étroits ourlets blancs. Elle semblait perdue dans la contemplation des champs de foin ensoleillés.

Mais elle jetait fréquemment un rapide regard sur Paul. Sans ce garçon, elle aurait revu les Aulnes avec plaisir. Certes, il avait l'air très convenable, mais malin aussi et les malins étaient presque toujours les plus antipathiques. Il se croirait obligé d'employer de perfides mots étrangers, de poser des questions dédaigneuses, par exemple de demander le nom d'une fleur et si elle ne le savait pas, il aurait un sourire insolent et ainsi de suite. C'est ainsi que se comportaient ses deux cousins dont l'un était étudiant et l'autre lycéen et c'était le lycéen le pire des deux, tantôt impertinent comme un gamin, tantôt pratiquant cette insupportable galanterie teintée d'ironie dont elle avait si peur.

Berta avait appris au moins une chose et elle avait résolu de s'y tenir en toutes circonstances : il ne fallait surtout pas pleurer. Ne pas pleurer et ne pas se mettre en colère, sinon elle se trouverait en état d'infériorité. Et elle ne voulait de cela à aucun prix. Elle trouva un réconfort à la pensée qu'une tante serait là aussi, dont elle pourrait le cas échéant demander la protection.

– Paul, es-tu devenu muet? s'écria soudain M. Abderegg.

– Non, Papa. Pourquoi?

– Parce que tu oublies que tu n'es pas seul dans la voiture. Tu pourrais te montrer un peu plus aimable envers Berta.

Paul soupira imperceptiblement. Voilà que ça commençait.

– Vous voyez, mademoiselle Berta, là-bas au fond se trouve notre maison.

– Mais, les enfants, vous n'allez pas vous vouvoyer!

– Je ne sais pas, Papa, je crois que si.

– Eh bien continuez, mais c'est parfaitement inutile.

Berta avait rougi et à peine Paul le remarquait-il qu'il rougissait à son tour. Leur conversation était déjà terminée et tous deux étaient contents que les adultes ne s'en soient pas aperçus. Ils se sentaient mal à l'aise et furent soulagés lorsque la voiture tourna avec un soudain fracas dans l'allée de gravier et s'arrêta devant la maison.

– S'il vous plaît, mademoiselle, dit Paul en aidant Berta à descendre. Il était délivré dans l'immédiat du souci de sa compagne, car la tante apparaissait dans l'encadrement de la porte. On eût dit que toute la maison souriait, s'ouvrait et invitait les nouveaux venus à entrer: l'accueil de la tante était si chaleureux! Elle saluait gentiment de la tête, tendait la main avec affabilité, avait un mot aimable pour chacun en particulier et quand elle avait terminé une première fois, elle recommençait une seconde fois. On accompagna les invités dans leurs chambres et on les pria de ne point tarder de venir à table.

Sur la grande table blanche, deux bouquets de fleurs mêlaient leur parfum à celui des mets. M. Abderegg découpait le rôti, la tante examinait d'un œil aigu les plats et les assiettes. Le professeur était assis à la place d'honneur, enjoué et solennel dans sa redingote. Il lançait à la tante de tendres regards et dérangeait le maître de maison fort occupé à sa tâche par des questions et des plaisanteries innombrables. Mlle Thusnelde, souriant avec grâce, aidait à faire passer les assiettes et cherchait à s'occuper encore davantage, car son voisin, le précepteur, qui mangeait peu, parlait encore moins.

La présence d'un professeur démodé et de deux jeunes dames le pétrifiait. Le sentiment angoissant de sa jeune dignité lui faisait redouter des attaques et même des affronts qu'il s'efforçait de décourager par des regards glacials et un silence obstiné.

Berta, à côté de la tante, se sentait en sécurité. Paul consacrait toutes ses forces au repas pour ne pas être mêlé aux conversations ; il était totalement absent et se régalait plus que tous les autres.

Vers la fin du repas, le maître de maison, après une lutte sans merci avec son ami, avait réussi à lui arracher la parole et ne se la laissait pas reprendre. Le professeur vaincu en profitait pour manger et rattrapait son retard avec modération. M. Homburger, qui avait fini par constater que personne ne songeait à l'attaquer, s'apercevait un peu tard que son silence avait été discourtois et se croyait méprisé de sa voisine. Il baissait tellement la tête qu'une petite ride se formait sous son menton, levait haut les sourcils, semblant rouler dans sa tête de profondes pensées.

Mlle Thusnelde, voyant le précepteur se dérober, entreprit avec Berta une tendre conversation à laquelle la tante prit part. Paul, soudain repu, déposa couteau et fourchette. Levant les yeux, il aperçut le professeur aux prises avec de comiques difficultés : le vieux monsieur avait entre les dents une énorme bouchée dans laquelle était encore plantée sa fourchette au moment précis où un propos énergique d'Abderegg sollicitait toute son attention. Il oublia pendant quelques instants de retirer la fourchette, et loucha, les yeux agrandis et la bouche ouverte, vers son interlocuteur. Alors Paul – qui ne pouvait résister à une soudaine envie de rire – éclata en gloussements qu'il essayait péniblement de réprimer. M. Abderegg, dans le feu de son discours, trouva tout de même le temps de jeter un bref regard chargé de colère. Le précepteur se crut visé par les rires et se mordit la lèvre inférieure. Berta joignit brusquement sans savoir pourquoi son rire à celui de Paul. Elle était ravie de le voir se livrer à ces gamineries. Au moins n'était-il pas parfait !

– Qu'est-ce qui vous amuse tant ? s'enquit Mlle Thusnelde.

– Oh ! mais rien du tout !

– Et toi, Berta ?

– Rien non plus. Je ris comme ça.

– Puis-je vous offrir à boire ? demanda M. Homburger d'une voix contenue.

– Non, merci.

– À moi, s'il vous plaît, dit la tante gentiment. Mais elle ne toucha pas à son verre.

On avait desservi et on apporta le café, le cognac et les cigares. Mlle Thusnelde demanda à Paul s'il fumait.

– Non, dit-il, je n'aime pas.

Puis après une pause, il ajouta soudain honnêtement :

– Je n'en ai pas le droit.

À ces mots, Mlle Thusnelde lui adressa un sourire malicieux, en penchant un peu la tête de côté. En cet instant le jeune garçon la trouva charmante et il regretta son hostilité première. Elle pouvait être très gentille.

La soirée était si chaude et si agréable que l'on était encore assis au jardin à onze heures, sous les lanternes dont les flammes vacillaient doucement. Les invités qui s'étaient déclarés fatigués par le voyage et avaient voulu se coucher tôt, ne pensaient plus à leurs bonnes intentions. L'air chaud, un peu lourd, fluait en bouffées pensives et inégales, le ciel dans ses plus hautes régions brillait de l'éclat humide des étoiles et, du côté des montagnes, apparaissait d'un noir profond, zébré par les nervures dorées des éclairs de chaleur. Les buissons répandaient une odeur douce et lourde et le jasmin blanc jetait des lueurs incertaines et blêmes dans l'obscurité.

– Donc, vous croyez que cette réforme de notre culture ne viendra pas de la conscience populaire, mais d'un ou de plusieurs individus géniaux ?

Le professeur mettait une certaine indulgence dans le ton de sa question.

– Je le pense, répondit le précepteur avec raideur et il se lança dans un long discours que personne n'écouta, sauf le professeur. M. Abderegg plaisantait avec la petite Berta à qui la tante prêtait assistance. Renversé dans sa chaise dans une attitude de bien-être, il buvait du vin blanc avec de l'eau de Seltz.

– Vous avez lu aussi *Ekkehard* ? demanda Paul à Mlle Thusnelde.

Étendue sur un siège pliant très bas, la tête en arrière, elle regardait le ciel.

– Oui, dit-elle. Mais on devrait vous interdire encore ce genre de livres.

– Et pourquoi donc ?

– Parce que vous ne pouvez pas tout comprendre.

– Croyez-vous ?

– Bien sûr.

– Cependant, il y a des passages que j'ai peut-être mieux compris que vous.

– Vraiment ? lesquels ?

– Les passages en latin.

– Quel esprit !

Paul était très gai. Il avait bu un peu de vin au dîner et maintenant il trouvait délicieux de parler dans la nuit sombre et douce et se demandait avec curiosité s'il parviendrait à faire perdre à la jeune élégante un peu de son calme et de sa nonchalance, à l'amener à se contredire ou à provoquer son rire. Mais elle ne le regardait pas. Elle était étendue immobile, le visage tourné vers le ciel, une main sur la chaise, l'autre pendant jusqu'à terre. Son cou blanc et son visage blanc se détachaient pâles sur un fond d'arbres noirs.

– Qu'avez-vous donc préféré dans *Ekkehard*? demandait-elle à présent, toujours sans le regarder.

– L'ivresse du sire Spazzo.

– Ah?

– Non, je préfère le passage où la vieille femme est chassée de la forêt.

– Vraiment?

– Non, à vrai dire, ce que j'ai le mieux aimé, c'est Praxedis le faisant évader de son cachot. C'est très beau.

– Oui, c'est beau. Comment était-ce donc?

– Elle verse de la cendre après...

– Ah oui, oui je sais.

– Maintenant à vous de me dire ce que vous avez préféré.

– Dans *Ekkehard?*

– Oui, bien sûr.

– Le même passage. Où Praxedis aide le moine à s'enfuir. Où elle lui donne un baiser, puis sourit et retourne au château.

– Oui... oui, dit Paul lentement, mais il ne parvenait pas à se souvenir du baiser.

La conversation du professeur avec le précepteur avait pris fin. M. Abderegg alluma un cigare de Virginie et Berta le regarda curieusement consumer le bout du long cigare au-dessus de la flamme de la bougie. La fillette enlaçait de son bras droit la tante assise à côté d'elle et écoutait, les yeux grands ouverts, les choses extraordinaires, que lui racontait le vieux monsieur. Il s'agissait d'aventures, de voyages notamment à Naples.

– Est-ce que c'est bien vrai ? s'enhardit-elle à demander. M. Abderegg se mit à rire.

– Tout dépend de vous, petite demoiselle. Ce qui est vrai dans une histoire, c'est toujours ce que croit l'auditeur.

– Mais non ! Je demanderai à Papa.

– Faites !

La tante caressait la main de Berta qui entourait sa taille.

– C'est pour plaisanter, mon enfant. Elle écoutait les bavardages, écartait les petits papillons de nuit qui tourbillonnaient autour du verre de son frère et répondait au regard de chacun par un regard bienveillant. Elle les aimait bien tous, les deux vieux messieurs, Berta, Paul, qui bavardait avec animation, la belle Thusnelde qui contemplait la nuit bleue, le précepteur qui savourait encore les fins propos qu'il avait tenus. Elle était encore assez jeune pour ne pas avoir oublié quel bonheur procure à la jeunesse une nuit d'été dans un jardin. Quel destin attendait encore cette belle jeunesse et ces sages vieillards ? Quel destin attendait le précepteur ? Chacun prenait tellement au sérieux sa vie, ses idées, ses désirs ! Et que Mlle Thusnelde était belle ! Une vraie beauté.

La bonne dame caressait la main droite de Berta, souriait affectueusement au précepteur un peu de solitaire et de temps en temps touchait derrière sa chaise la bouteille de vin de son frère pour s'assurer qu'elle était toujours dans la glace.

– Parlez-moi un peu de votre école, dit Thusnelde à Paul.

– Oh ! l'école ! nous sommes en vacances à présent.

– N'aimez-vous pas le lycée ?

– Connaissez-vous quelqu'un qui l'aime ?

– Vous voulez étudier, pourtant.

– Ça, d'accord.

– Mais que préféreriez-vous faire ?

– Ce que j'aimerais faire ? Ah, ah ! J'aimerais être corsaire. Pirate.

– Vous ne pourriez plus lire autant.
– Ce ne serait pas nécessaire. Je saurais bien m'occuper.
– Croyez-vous ?
– Certainement. Je ferais…
– Eh bien ?
– Je ferais… ah ! ce sont des choses qui ne se disent pas.
– Alors, ne les dites pas…

Il commençait à s'ennuyer. Il s'approcha de Berta, écouta avec elle son père. Papa était d'une gaieté folle. Lui seul parlait à présent et tout le monde l'écoutait en riant.

Alors Mlle Thusnelde se leva lentement dans son ample et élégante robe en tissu anglais et s'approcha de la table.

– Je voudrais vous dire bonne nuit.

Tous voulurent alors se retirer, regardant leur montre, ne parvenant pas à croire qu'il fût déjà minuit.

Sur le court chemin qui les séparait de la maison, Paul se plaça à côté de Berta qui soudain lui plaisait beaucoup, surtout depuis qu'il l'avait entendue rire de si bon cœur aux plaisanteries de son père. Quel âne il avait été de s'irriter de ces visites ! Que c'était agréable de causer le soir avec des jeunes filles ! Il se sentait homme du monde et commença à regretter de ne s'être occupé pendant toute la soirée que de la plus âgée. Ce n'était qu'une poseuse. Il aimait mieux Berta et était fâché de ne pas s'être joint à elle. Il tenta de le lui dire. Elle eut un petit rire.

– Oh, votre papa était si amusant ! C'était charmant.

Il lui proposa une promenade pour le lendemain sur l'Eichelberg. Ce n'était pas loin et tellement beau ! Il entreprit une description, parla avec feu du chemin et de la vue que l'on avait du sommet.

Mlle Thusnelde passa près d'eux au moment où son ardeur descriptive était à son comble. Elle se retourna à demi et le regarda attentivement. Regard tranquille et un peu curieux que Paul trouva moqueur : il se tut aussitôt. Berta, étonnée, leva les yeux, elle le vit fâché, sans qu'elle sût pourquoi. On était arrivé à la maison. Berta tendit la main à Paul. Il lui dit bonne nuit. Elle fit un signe de tête et partit.

Thusnelde était partie la première, sans lui dire bonne nuit. Il la vit monter l'escalier, une lampe à la main, et tout en la suivant des yeux il remâchait son dépit.

Paul, dans son lit, ne dormait pas, en proie à la douce fièvre des nuits chaudes. La touffeur augmentait, les éclairs de chaleur frémissaient sans arrêt sur les murs. Par moments il croyait entendre au loin les grondements du tonnerre. Un vent mou allait et venait, qui faisait à peine bruire les cimes des arbres.

L'adolescent songeait vaguement à la soirée qu'il venait de vivre et sentait qu'au cours de cette journée, il n'avait pas été le même. Il se trouvait plus adulte, il lui semblait avoir mieux réussi qu'en d'autres occasions son rôle d'adulte. Avec la demoiselle il avait eu une conversation très animée et ensuite avec Berta.

Il se demandait avec angoisse si Thusnelde l'avait bien pris au sérieux ? Peut-être avait-elle seulement voulu jouer avec lui. Il fallait relire demain le passage sur le baiser de Praxedis. Ne l'avait-il vraiment pas compris, ce passage, ou bien seulement oublié ?

Il aurait bien aimé savoir si Mlle Thusnelde était vraiment, vraiment jolie. Il lui semblait que oui mais il ne se fiait ni à lui ni à elle. Il s'était plu à la regarder, faiblement éclairée par la lampe, mi-assise, mi-allongée, si mince et si calme, la main pendant sur le sol. Les yeux indolents levés vers le ciel, mi-épanouie et mi-fatiguée, et le cou mince et blanc, et la longue robe claire – le spectacle eût tenté un peintre.

Mais il préférait décidément Berta. Elle était peut-être un peu trop naïve, mais douce et jolie et l'on pouvait causer avec elle, sans croire qu'elle se moquait secrètement de vous. S'il s'était intéressé à elle dès le début, au lieu d'attendre le dernier moment, ils seraient maintenant peut-être bons amis. Il commençait à regretter que les invités ne voulussent rester que deux jours. Mais pourquoi, sur le chemin de la maison, au moment où il riait avec Berta, l'autre l'avait-elle regardé de cette façon ? Il la revit passant près de lui, tourner la tête, il revit son regard. Elle était belle. Il se représentait toute la scène avec netteté, mais il n'en démordait pas : son regard avait été moqueur, moqueur et supérieur. Pourquoi ?

– À cause d'*Ekkehard* ? Ou bien parce qu'il avait ri avec Berta ?

Son dépit le suivit dans son sommeil.

Le lendemain matin, le ciel était couvert, mais il n'avait pas plu. Partout on sentait le foin et la poussière chaude.

– Dommage, gémit Berta en descendant, on ne pourra pas faire de promenade aujourd'hui.

– Oh ! le temps peut se maintenir ainsi toute la journée, dit M. Abderegg en guise de consolation.

– D'habitude tu ne montres pas tant d'empressement pour les promenades, dit Mlle Thusnelde.

– Mais notre séjour est si bref !

– Nous avons un jeu de quilles, proposa Paul. Au jardin. Un croquet aussi. Mais le croquet est ennuyeux.

– Alors nous pouvons jouer.

– Bon. Après. Buvons d'abord notre café.

Après le petit déjeuner les jeunes gens allèrent au jardin ; le précepteur s'était joint à eux. Pour le jeu de croquet on trouva l'herbe trop haute et l'on résolut de jouer à l'autre jeu. Paul s'empressa d'apporter les quilles et de les planter.

– Qui commence ?

– C'est toujours celui qui le demande.

– Bon. Qui joue avec moi ?

Paul forma avec Thusnelde la première équipe. Il joua très bien et espéra les félicitations ou pour le moins les taquineries de la jeune fille. Mais elle ne voyait pas la réussite de Paul et n'accordait d'ailleurs aucune attention au jeu. Quand Paul lui donnait la boule, elle la lançait distraitement et ne comptait même pas les quilles renversées. En revanche elle parlait avec le précepteur de Tourgueniev. M. Homburger était ce jour-là très poli. Seule Berta semblait prise par le jeu. Elle aidait à redresser les quilles et Paul lui apprenait à viser.

– Le roi est abattu, s'écria Paul. Mademoiselle, nous gagnons à coup sûr. Cela fait douze.

Elle se contenta d'un signe de la tête.

– À vrai dire, Tourgueniev n'est pas un vrai Russe, dit le précepteur qui oubliait que c'était son tour. Paul se fâcha.

– Monsieur Homburger, c'est à vous !

– À moi ?

– Oui, nous attendons tous.

Il lui aurait volontiers envoyé la boule dans le tibia. Berta qui avait remarqué son irritation, s'énervait et manquait ses coups.

– Il n'y a qu'à arrêter.

Personne ne s'y opposa. Mlle Thusnelde s'en alla lentement, suivie du précepteur. Paul dégoûté, renversa du pied les quilles restées debout.

– Vous ne voulez pas continuer ? demanda timidement Berta.

– À deux ce n'est pas intéressant. Je vais ranger.

Elle l'aida discrètement.

Lorsque toutes les quilles furent dans leur caisse, il chercha des yeux Thusnelde. Elle avait disparu du parc. Bien sûr, il n'était pour elle qu'un blanc-bec.

– Que faisons-nous maintenant ?

– Peut-être pourriez-vous me montrer un peu le parc ?

Il se mit à marcher si vite à travers les allées que Berta s'essoufflait à le suivre, courant presque pour le rattraper. Il lui montra le petit bois et l'allée de platanes, puis le hêtre rouge et les prés. Tout en se reprochant de s'être montré si impoli et si taciturne, il s'étonnait de voir qu'il n'éprouvait plus du tout de gêne devant Berta. Il la traitait comme s'il avait eu deux ans de plus qu'elle. Elle était calme, douce et timide, disant à peine un mot, ne le regardant que par instants, comme avec l'air de s'excuser de quelque chose.

Ils rencontrèrent les deux autres près du saule pleureur. Le précepteur parlait toujours, la demoiselle se taisait et semblait contrariée. Paul devint soudain plus bavard. Il attira l'attention des jeunes filles sur le vieil arbre, écarta les branches pendantes et leur montra le banc rond qui entourait le tronc.

– Asseyons-nous, ordonna Mlle Thusnelde.

Tous s'assirent côte à côte sur le banc. Il régnait une chaleur moite, la pénombre verte était molle et étouffante et portait au sommeil. Paul était assis à la droite de Thusnelde.

– Quel silence ! commença M. Homburger.

La demoiselle approuva de la tête.

– Et quelle chaleur ! dit-elle. Restons un moment sans parler.

Ils restèrent silencieux tous les quatre. À côté de Paul, sur le banc était posée la main de Thusnelde, une main longue aux doigts effilés, aux jolis ongles soignés et polis. Paul ne quittait pas des yeux cette main. Elle jaillissait d'une large manche gris clair et était aussi blanche que l'avant-bras ; elle se courbait un peu vers l'extérieur et gisait immobile, comme lasse. Tous se taisaient. Paul pensait à la soirée de la veille. Hier cette main longue, immobile, calme pendait et le corps tout entier, mi-assis, mi-allongé, était inerte. Ces attitudes lui allaient bien, allaient bien à toute sa personne, à ses vêtements, à sa voix douce, retenue, à son visage aussi, qui avec ses yeux tranquilles paraissait si sage, si réservé, si calme.

M. Homburger regarda sa montre.

– Pardonnez-moi, mesdemoiselles, mon travail m'appelle. Vous restez ici, Paul ?

Il s'inclina et s'en fut.

Les autres restèrent assis en silence. Paul avait approché sa main gauche de cette main de femme, lentement, avec une prudence craintive, comme un criminel, et l'avait laissée juste à côté d'elle. Il ne savait pas pourquoi il faisait cela. Cela se faisait malgré lui et pourtant il se sentait oppressé, la tête brûlante et sur son front perlaient des gouttes de sueur.

– Je n'aime pas non plus jouer au croquet, disait Berta doucement, comme dans un rêve. Le départ du précepteur avait laissée un vide entre elle et Paul et elle se demandait si elle devait se rapprocher de lui. Il lui semblait que plus elle hésitait, plus il lui serait difficile de le faire et à présent elle parlait pour ne plus se sentir seule.

« Ça n'est vraiment pas un jeu intéressant, ajouta-t-elle après une longue pause, d'une voix incertaine. Personne ne répondit. Le silence se rétablit. Paul croyait entendre battre son cœur. Il éprouvait le besoin de bondir sur ses pieds, de plaisanter, de dire des bêtises ou de se sauver. Mais il restait assis, laissait sa main où elle était et avait la sensation que l'air lui était lentement retiré, qu'il allait étouffer.

C'était agréable, mais d'une façon triste, obsédante.

Mlle Thusnelde regardait le visage de Paul de ses yeux tranquilles et un peu las.

Elle voyait qu'il fixait du regard sa main gauche, posée sur le banc tout à côté de sa main droite à elle. Alors, elle souleva un peu sa main droite, le posa sans hésiter sur la main de Paul où elle la laissa.

Sa main était douce, mais ferme, chaude et sèche. Paul prit peur comme un voleur surpris et se mit à trembler, mais ne retira pas sa main. Il pouvait à peine respirer, tant les battements de son cœur se précipitaient, son corps était à la fois brûlant et glacé. Lentement il pâlissait et regardait la jeune fille d'un air implorant et angoissé.

– Avez-vous peur ? dit-elle en riant doucement. Je crois que vous vous étiez endormi ?

Il ne pouvait rien dire. Elle avait retiré sa main mais la sienne était à la même place et sentait encore son contact. Il voulait la retirer mais il était si faible et si troublé qu'il ne parvenait pas à former une pensée ou à prendre une décision.

Soudain il entendit derrière lui un bruit étouffé, timide qui l'effraya. Libéré, il se leva d'un bond, en respirant profondément. Thusnelde aussi s'était levée.

Berta, courbée sur le banc, sanglotait.

– Rentrez, dit Thusnelde à Paul, nous vous suivons. Et comme Paul s'éloignait, elle ajouta :

– Elle a pris mal à la tête.

– Viens Berta. Il fait trop chaud ici, on étouffe. Viens, reprends-toi ! Nous rentrons. Berta ne répondit pas. Son cou maigre reposait sur la manche bleu clair de sa robe légère de fillette et son bras grêle, anguleux au poignet large, pendait. Elle pleurait en silence à gros sanglots contenus ; au bout d'un long moment, elle se redressa, rouge et surprise, ramena d'un geste de la main ses cheveux en arrière et se mit à sourire lentement, machinalement.

Paul était inquiet. Pourquoi avait-elle posé sa main sur la sienne ? N'était-ce qu'un jeu ? Ou bien savait-elle quel mal étrange cela faisait ? Chaque fois qu'il se représentait la scène, il éprouvait à nouveau la même sensation : une contraction de nerfs ou de veines qui le faisait suffoquer, une lourdeur de tête accompagnée d'un léger vertige, une chaleur dans la gorge, une paralysie étrange, un mouvement désordonné du cœur, comme si son pouls était arrêté. Mais ce mal était agréable.

Il passa en courant près de la maison en direction de l'étang ; arrivé dans le verger, il fit les cent pas entre les arbres. La chaleur ne cessait d'augmenter. Le ciel s'était entièrement couvert de nuées d'orage. Aucun vent ne soufflait, mais de temps en temps, naissait dans les branchages, un frémissement léger, timide, qui fronçait de rides argentées la surface lisse et blême de l'étang.

Le jeune garçon remarqua soudain la vieille petite barque, amarrée à la rive gazonnée. Il y monta et s'assit sur l'unique banc encore existant. Mais il ne détacha pas la barque : il ne s'y trouvait plus de rames depuis longtemps. Il plongea les mains dans l'eau ; elle était désagréablement tiède.

Insensiblement une tristesse sans cause, inconnue, le gagnait. Il lui semblait vivre un rêve angoissant – comme s'il lui était devenu impossible de bouger un membre. La lumière blafarde, le ciel nuageux, l'étang tiède et vaporeux et la vieille barque de bois au fond moussu, sans rames, tout cela semblait morne et misérable, livré à une désolation lourde et languide que Paul partageait sans raison.

Les sons du piano parvenaient jusqu'à lui, vagues, étouffés. Les autres étaient donc à la maison, écoutant son père qui jouait. Bientôt Paul reconnut le morceau, c'était la musique de Grieg dans *Peer Gynt*, il serait bien rentré lui aussi. Mais il restait assis, regardant fixement l'eau paresseuse et le ciel livide, à travers les branches lasses et immobiles des arbres fruitiers. Il ne pouvait même pas se réjouir comme d'habitude de la venue de l'orage, qui allait éclater et qui serait le premier de l'été.

Le piano s'était tu et un moment tout resta silencieux. Puis, s'élevèrent quelques mesures, légères et chaudes, d'une mélodie discrète et étrange.

Et puis un chant, une voix de femme. Paul ne connaissait pas l'air, il ne l'avait jamais entendu, il ne chercha pas dans sa mémoire. Mais il connaissait la voix, un peu voilée, un peu lasse. C'était Thusnelde. Son chant n'était pas particulièrement beau, mais il touchait et ravissait le garçon, l'angoissait, le faisait souffrir comme le contact de la main. Il écoutait sans bouger et pendant ce temps les premières gouttes de pluie tièdes et molles tombèrent pesamment dans l'étang. Elles frappaient ses mains et son visage sans qu'il s'en aperçût. Il sentait seulement qu'une pression, un bouillonnement, une tension, autour de lui et en lui se concentraient, s'enflaient, cherchaient des issues. Et tandis qu'un passage d'*Ekkehard* lui revenait en mémoire, il sut soudain d'une façon certaine et cette certitude le surprit et l'effraya. Il savait qu'il aimait Thusnelde. Et aussi qu'elle était une adulte, une dame et que lui n'était qu'un collégien et qu'elle partait demain.

Le chant s'était tu et la sonnerie claire de la cloche du dîner retentit. Paul se dirigea lentement vers la maison. Devant la porte, il s'essuya les mains, ramena ses cheveux en arrière, respira profondément comme s'il allait entreprendre quelque chose de difficile.

– Ah ! voici qu'il pleut, gémit Berta. On ne pourra donc rien faire ?

– Faire quoi ? demanda Paul sans lever les yeux de son assiette.

– Mais nous avions… Vous m'aviez promis de me conduire aujourd'hui sur l'Eichelberg.

– Oui. Non. Ça n'est pas possible par ce temps.

Elle désirait qu'il la regardât et lui demandât des nouvelles de sa santé et en même temps elle était heureuse qu'il ne le fît pas. Il avait complètement oublié l'instant pénible où elle avait sangloté sous le saule. Cette soudaine crise de larmes lui avait fait d'ailleurs peu d'impression et l'avait seulement confirmé dans son opinion qu'elle n'était encore qu'une petite fille. Au lieu de faire attention à elle, il ne cessait de regarder du coin de l'œil Mlle Thusnelde.

Celle-ci avait avec le précepteur, qui se reprochait sa sottise de la veille, une conversation animée sur le sport. M. Homburger se comportait en cette circonstance comme beaucoup de gens; il parlait de choses auxquelles il n'entendait rien avec plus d'aisance et de facilité que des sujets qu'il connaissait bien et qui lui tenaient à cœur. La jeune fille avait presque toujours la parole et lui se contentait de poser des questions, de hocher la tête, d'approuver et de combler les silences entre les phrases. La conversation de la jeune fille à qui ne manquait ni l'aisance ni la coquetterie, ôtait au précepteur ses manières de cuistre; il parvenait même à rire lorsqu'il répandait un peu de vin sur la table, et à prendre la chose du bon côté. Il pria habilement la jeune fille d'accepter qu'il lui lût après le repas un chapitre d'un de ses livres favoris mais sa demande fut repoussée avec grâce.

– Tu n'as plus mal à la tête, mon enfant? demanda tante Grete.

– Oh! non, plus du tout, dit Berta à mi-voix. Mais elle avait bien mauvaise mine.

– Ah! ces enfants, songeait la tante à qui le manque d'assurance et l'émotion de Paul n'avaient pas échappé. Elle devinait bien des choses et décida, sans déranger les deux jeunes gens inutilement, d'être vigilante et d'empêcher des bêtises. Pour Paul, c'était la première fois, elle en était sûre. Encore un peu de temps, il échapperait à sa tutelle et elle ne pourrait plus le surveiller! Ah! ces enfants!

Dehors il faisait presque sombre. La pluie tantôt ruisselait, tantôt diminuait sous l'effet des coups de vent, l'orage hésitait encore et le tonnerre se faisait entendre à des lieues de distance.

– Avez-vous peur des orages? demanda M. Homburger à sa compagne.

– Au contraire, je ne connais rien de plus beau. Nous pourrions aller dans le pavillon pour regarder. Viens-tu, Berta ?

– Si tu veux, oui, volontiers.

– Et vous aussi n'est-ce pas, monsieur le précepteur ?

– Bien sûr, j'en suis heureux. C'est le premier orage de cette année, je crois ?

Tout de suite après le dîner, ils se rendirent avec des parapluies au pavillon tout proche. Berta emporta un livre.

– Ne veux-tu pas te joindre à eux, Paul ? dit la tante sur un ton encourageant.

– Merci, non. J'ai un morceau à étudier.

En proie à un chaos de sentiments contradictoires, il alla dans la pièce où se trouvait le piano. Mais à peine s'était-il mis à jouer – il ne savait trop quoi – que son père entra.

– Mon garçon, ne pourrais-tu pas t'installer dans une pièce plus éloignée ? C'est bien de vouloir étudier, mais chaque chose en son temps. Nous autres, vieux écoliers, aimerions bien par cette chaleur essayer un peu de dormir. Au revoir, petit !

Le garçon sortit, traversa la salle à manger et suivit le couloir jusqu'à la porte d'entrée. De l'autre côté, il vit les autres entrer dans le pavillon. Entendant derrière lui le pas léger de sa tante, il sortit vivement et s'enfuit, tête nue, les mains dans les poches, à travers la pluie. Le tonnerre se rapprochait, et les premiers éclairs tressaillirent timidement à travers la grisaille.

Paul fit le tour de la maison et se dirigea vers l'étang. Il sentait avec un mécontentement mêlé de défi, la pluie pénétrer ses vêtements. L'air immobile, qui n'avait pas encore fraîchi, l'échauffait, et il tendait ses mains et ses bras à demi découverts, aux lourdes gouttes de pluie. Les autres s'amusaient bien dans le pavillon, riaient, bavardaient et personne ne pensait à lui. Il avait envie de se joindre à eux mais sa volonté de bouder l'emporta.

Puisqu'il n'avait pas voulu de leur compagnie, il n'allait pas maintenant les retrouver. Et Thusnelde ne l'avait d'ailleurs pas invité. Elle avait dit à Berta et à M. Homburger de venir, mais pas à lui. Pourquoi pas à lui ?

Il arriva trempé, sans faire attention au chemin, à la maisonnette du jardinier. À présent les éclairs fondaient presque sans interruption vers le sol, ou bien ils sillonnaient le ciel en traçant des lignes fantastiques et le bruit de la pluie augmentait. Sous l'escalier de bois de la remise se fit entendre un bruit de chaîne et le gros chien de garde en sortit avec un grondement contenu. Lorsqu'il reconnut Paul, il se pressa contre lui et lui fit fête. Et Paul, dans un élan de tendresse, mit son bras autour du cou du chien, l'entraîna dans le coin sombre de l'escalier, resta accroupi près de lui, lui parla, le caressa – il ne sut combien de temps.

Dans le pavillon, M. Homburger avait poussé la table en fer du jardin contre le mur du fond sur lequel était peint un paysage représentant les côtes italiennes. Les couleurs gaies, bleues, blanches et roses s'accordaient mal au gris de la pluie et semblaient froides malgré la chaleur.

– Vous avez mauvais temps pour votre séjour aux « Aulnes » dit M. Homburger.

– Pourquoi ! Je trouve cet orage splendide.

– Vous aussi, mademoiselle Berta ?

– Oh ! oui je l'aime bien.

Il était furieux que la petite les ait accompagnés. Au moment précis où il commençait à mieux s'entendre avec la belle Thusnelde !

– Allez-vous vraiment repartir demain ?

– Pourquoi dites-vous cela sur ce ton de tragédie ?

– C'est que j'en suis navré.

– Vraiment ?

– Mais mademoiselle…

La pluie crépitait sur le toit mince et jaillissait des gouttières en furieuses saccades.

– Savez-vous, monsieur le précepteur, vous avez comme élève un gentil garçon. Ce doit être un plaisir d'enseigner à quelqu'un comme lui.

– Parlez-vous sérieusement ?

– Mais certainement, c'est un garçon délicieux. N'est-ce pas Berta ?

– Oh ! je ne sais pas, je ne l'ai pas vu beaucoup.

– Il ne te plaît donc pas ?

– Mais si, oh si.

– Au fait, que représente cette peinture, monsieur le précepteur ? On dirait une vue de la Riviera ?

Paul, rentré au bout de deux heures, trempé jusqu'aux os et mort de fatigue, avait pris un bain froid et s'était changé. Puis il attendit le retour des trois jeunes gens. Lorsqu'ils arrivèrent et que la voix de Thusnelde retentit dans le couloir, il tressaillit et son cœur se mit à battre plus fort. Pourtant il allait faire quelque chose dont il ne se serait pas cru capable un instant auparavant.

Quand la jeune fille monta seule l'escalier, il la guetta et la surprit sur le palier du premier étage. Il s'avança vers elle et lui tendit un petit bouquet de roses sauvages. C'était des églantines qu'il avait cueillies dehors, sous la pluie.

– Est-ce pour moi ? demanda Thusnelde.

– Oui, pour vous.

– En quoi ai-je mérité cela ? Je craignais que vous ne me détestiez.

– Oh ! vous vous moquez de moi.

– Certainement pas, cher Paul. Et je vous remercie beaucoup pour les fleurs. Ce sont des roses sauvages, n'est-ce pas ?

– Des églantines.

– J'en épinglerai une à ma robe. Plus tard.

Sur ces mots, elle se dirigea vers sa chambre.

Le soir on resta, cette fois, dans la grande salle. Le temps s'était bien rafraîchi et dehors les dernières gouttes tombaient des branches luisantes. On avait projeté de faire de la musique, mais le professeur préférait passer les dernières heures à causer avec Abderegg. Tous bavardaient confortablement installés dans la grande pièce, les messieurs fumaient et les jeunes gens avaient devant eux des gobelets de limonade.

La tante regardait un album avec Berta et lui racontait de vieilles histoires. Thusnelde était de bonne humeur et riait beaucoup. Les longs et infructueux discours tenus dans le pavillon avaient fort éprouvé le précepteur. Il était de nouveau nerveux et les muscles de son visage tressaillaient de souffrance. Il trouvait déplacé et ridicule qu'elle fît la coquette avec ce petit garçon de Paul et il cherchait comment le lui dire. Paul était le plus animé de tous. Voir apparaître Thusnelde avec ses roses à la ceinture, lui entendre dire « cher Paul », cela agissait sur lui comme un vin capiteux. Il faisait de l'esprit, racontait des histoires, avait les joues en feu, ne quittait pas des yeux sa compagne qui acceptait ces hommages avec grâce. Mais en même temps une voix répétait sans cesse au fond de l'âme de Paul : « Demain, elle part ! demain elle part ! » et plus la voix se faisait forte et douloureuse, plus désespérément il s'accrochait à la beauté de l'instant et s'étourdissait de paroles.

M. Abderegg, qui prêta l'oreille un instant à ces propos, s'écria en riant :

– Paul, tu commences tôt !

Paul ne se troubla pas. Pendant quelques instants le saisit un désir pressant de sortir, d'appuyer la tête contre le montant de la porte et de sangloter. Mais ! non ! non ! pas de ça !

Pendant ce temps Berta avait tutoyé la tante et acceptait sa protection avec gratitude. Un poids pesait sur elle : Paul ne s'intéressait pas à elle, lui avait à peine adressé la parole de toute la journée. Aussi, lasse et malheureuse, elle s'abandonnait à la tendre bonté de la tante.

Les deux vieux messieurs évoquèrent à l'envi les vieux souvenirs sans bien se rendre compte que tout près d'eux de jeunes passions inavouées se croisaient et se combattaient.

M. Homburger dépérissait de plus en plus. C'est à peine si l'on remarquait les pointes faiblement empoisonnées qu'il lançait de temps en temps dans la conversation et plus l'amertume et la révolte montaient en lui, moins il parvenait à trouver les mots qui font mouche. Il trouvait puéril le comportement de Paul et impardonnable que la jeune fille se prêtât à ces gamineries. Il aurait voulu dire bonne nuit et partir. Mais il aurait l'air de reconnaître son impuissance et sa défaite. Autant rester et tenir tête. Si odieuses que lui fussent les minauderies de Thusnelde, il n'aurait pu ce soir-là renoncer à la douceur de ses gestes et à l'éclat rose de son visage. Thusnelde lisait en lui. Elle ne se donnait pas la peine de dissimuler le plaisir que lui causaient les attentions passionnées de Paul, d'autant plus qu'elles irritaient le précepteur. Celui-ci, qui n'était rien moins qu'énergique, sentait sa colère se transformer lentement en cette molle et trouble résignation qui avait marqué la fin de presque toutes ses tentatives amoureuses. Avait-il jamais été compris par une femme et apprécié à sa juste valeur ? Oh, mais il était assez artiste pour jouir de la déception, de la souffrance, de la solitude, d'en goûter les attraits les plus secrets. Il en jouissait fût-ce avec des lèvres tremblantes, et même méconnu et dédaigné, il était le héros de cette scène, l'acteur d'une tragédie muette, souriant, le poignard dans le cœur.

On se sépara tard. Quand Paul entra dans sa chambre fraîche, il vit par la fenêtre ouverte le ciel apaisé couvert de petits nuages cotonneux, immobiles et blancs comme du lait ; la douce lumière de la lune traversait sans peine ces minces voiles et se reflétait mille fois sur les feuilles mouillées des arbres du parc. Au loin au-dessus des collines, près de l'horizon sombre, une mince bande de ciel pur étiré comme une île luisait d'un éclat doux et humide. Une étoile pâle et solitaire l'habitait.

Le jeune garçon voyait seulement un moutonnement blême et il sentait autour de lui l'air pur et rafraîchi, entendait des voix graves et inconnues mugir comme des tempêtes lointaines et respirait l'air suave d'un autre monde. Debout à la fenêtre, penché en avant il regardait sans rien voir, comme ébloui. Devant lui, immense et vague, s'étendait le pays de la vie et des passions, parcouru de tempêtes de feu et survolé de sombres nuées d'orages.

La tante alla se coucher la dernière. Elle avait examiné attentivement portes et volets, vérifié les lumières, jeté un coup d'œil dans la cuisine sombre, puis elle était allée dans sa chambre et s'était assise, à la lueur d'une bougie dans son fauteuil démodé. Elle connaissait l'état d'esprit du jeune Paul et se réjouissait au fond de son cœur du prochain départ des invités. Pourvu que tout se passe bien ! Que c'était étrange de perdre cet enfant du jour au lendemain. Car elle savait bien que l'âme de Paul lui échapperait désormais, deviendrait de plus en plus opaque et elle le voyait non sans inquiétude faire ses premiers pas dans le jardin de l'amour dont elle-même avait goûté en son temps les fruits les plus amers. Puis elle pensa à Berta, soupira, sourit un peu et chercha longtemps dans ses tiroirs un cadeau d'adieu pour consoler la fillette. En même temps, elle fut épouvantée de l'heure tardive.

Au-dessus de la maison endormie et du jardin obscur, les minces nuages de duvet blanc étaient tranquilles, la petite île à l'horizon s'agrandissait de plus en plus, devenait un vaste champ, pur, clair et sombre, illuminé par la tendre clarté des étoiles. Sur les collines les plus éloignées courait une ligne d'argent fine et douce qui les séparait du ciel. Au jardin les arbres rafraîchis respiraient et refaisaient leurs forces et sur le pré au milieu du parc, le cercle d'ombre du hêtre rouge alternait avec les ombres frêles et irréelles des nuages.

L'air léger, encore saturé d'humidité, fumait doucement vers le ciel limpide. De petites flaques sur le gravier et sur la route resplendissaient comme de l'or ou reflétaient l'azur tendre. La voiture s'arrêta en grinçant et l'on monta à l'intérieur. Le précepteur s'inclinait plusieurs fois profondément, la tante faisait d'affectueux signes de tête et serrait encore une fois les mains de tous, les bonnes assistaient au départ du fond du vestibule.

Paul était assis en face de Thusnelde et simulait la gaieté. Il bénissait le beau temps, vantait les délicieuses excursions en montagne qu'il se proposait de faire et buvait avidement chaque parole, chaque éclat de rire de la jeune fille. La conscience lourde, il s'était glissé de bon matin dans le jardin et avait cueilli dans le parterre que son père préférait et traitait avec grands égards, la plus belle des roses thé, à peine éclose. Il l'avait cachée, enveloppée dans du papier de soie, dans la poche intérieure de sa veste et craignait constamment de l'écraser. Il redoutait également d'être découvert par son père.

La petite Berta était silencieuse, tenant devant son visage la branche de jasmin que lui avait donnée la tante. Au fond elle n'était pas mécontente de partir.

– Voulez-vous que je vous envoie une carte ? dit Thusnelde avec entrain.

– Oh ! oui, n'oubliez pas ! Ce serait gentil !

Puis il ajouta :

– Mais il faudra que vous signiez aussi, mademoiselle Berta. Elle tressaillit un peu et fit oui de la tête.

– Bien, mais j'espère que nous y penserons! dit Thusnelde.

– Oui, je te le rappellerai.

On était déjà à la gare. Le train ne devait arriver que dans un quart d'heure. Paul vécut ce quart d'heure comme un inappréciable délai de grâce. Mais il se sentait troublé; depuis qu'on était descendu de voiture, et qu'on faisait les cent pas devant la gare, il ne trouvait plus un seul mot d'esprit, plus rien à dire. Il n'était plus qu'un petit garçon accablé qui regardait souvent l'heure et guettait l'arrivée du train.

Au dernier moment, devant la portière du wagon, il retira la rose de sa cachette et la glissa dans la main de la jeune fille. Elle lui adressa un signe de tête enjoué et monta. Puis le train démarra; tout était fini.

Il frémissait à la pensée de rentrer avec son père et lorsque celui-ci fut monté dans la voiture, il retira son pied du marchepied en disant:

– J'ai plutôt envie de rentrer à pied.

– Mauvaise conscience, mon petit Paul?

– Oh! non Papa, je peux aller avec toi.

Mais M. Abderegg, en riant, refusa d'un signe et partit seul.

– Qu'il rumine donc tout seul, grogna-t-il, ça ne le tuera pas. Et il pensa pour la première fois depuis des années, à sa première aventure amoureuse, surpris de voir qu'il en gardait un souvenir précis. C'était déjà le tour de son garçon! Le petit avait bien fait de voler la rose. Car il l'avait vu.

Chez lui, il resta un instant devant la bibliothèque dans la salle commune. Il prit *Werther* et le mit dans sa poche, l'en retira aussitôt, le feuilleta un peu, se mit à siffler un air et remit le petit livre à sa place.

Pendant ce temps, Paul courait sur la route chaude vers la maison, s'efforçant d'évoquer l'image de la belle Thusnelde. Il n'ouvrit les yeux que lorsqu'il eut atteint la haie qui entourait le parc ; il avait chaud, il était fatigué et il se demanda ce qu'il allait faire.

Alors un souvenir jaillit en lui et il fut irrésistiblement attiré vers le saule pleureur. Il s'avança vers l'arbre, le cœur gonflé de désir, se glissa entre les branches pendantes et s'assit sur le banc à la même place où il s'était assis la veille, à côté de Thusnelde et là où elle avait posé sa main sur la sienne. Il ferma les yeux, laissant sa main sur le bois. Il sentait encore en lui le tumulte qui l'avait saisi et rempli d'une douloureuse ivresse. Des flammes palpitaient autour de lui ; des mers mugissaient et des torrents de feu passaient avec fracas sur des ailes de pourpre.

Paul était assis depuis peu de temps quand des pas retentirent et quelqu'un s'approcha. Arraché à ses rêves, il leva des yeux hagards et vit devant lui M. Homburger.

– Ah ! vous êtes là, Paul ? Depuis longtemps ?

– Non, je suis allé à la gare avec les autres. Je suis revenu à pied.

– Et maintenant vous êtes tout mélancolique.

– Je ne suis pas mélancolique.

– Admettons. Mais je vous ai vu plus en train.

Paul ne répondit pas.

– Il est vrai que vous étiez fort empressé auprès de ces demoiselles.

– Vous trouvez ?

– Surtout auprès de l'une d'elles. J'aurais plutôt cru que vous donneriez votre préférence à la plus jeune.

– À la fillette ? Hum.

– C'est cela, à la fillette.

Paul, voyant le ricanement désagréable du précepteur, se déroba et sans ajouter un mot s'enfuit par le milieu du pré.

Le déjeuner fut très calme.

– Nous semblons tous un peu fatigués, dit M. Abderegg en souriant. Toi aussi, Paul. Et vous, monsieur

Homburger ? Mais ce fut une agréable diversion, n'est-ce pas.

– Certainement, monsieur.

– Vous avez bien conversé avec la demoiselle ? Il paraît qu'elle est extrêmement cultivée.

– Paul doit le savoir. Je n'ai eu malheureusement le plaisir de la voir que quelques instants.

– Qu'en dis-tu, Paul ?

– Moi, de qui parlez-vous ?

– De Mlle Thusnelde, si tu permets. Tu sembles quelque peu distrait…

– Ah ! comme si ce garçon se souciait des demoiselles ! intervint la tante.

Il faisait de nouveau très chaud. La chaleur rayonnait sur l'esplanade et sur la route, les dernières flaques avaient séché. La lumière chaude nimbait le vieux hêtre rouge, dans son pré ensoleillé. Sur l'une de ses plus fortes branches, le jeune Paul Abderegg était assis, adossé au tronc et enveloppé par l'ombre pourpre du feuillage. C'était depuis longtemps une des places favorites du garçon ; il y était à l'abri des surprises. C'est là, sur la branche du hêtre, qu'il avait lu en cachette *Les Brigands*, trois ans auparavant, pendant l'automne, qu'il avait fumé sa première moitié de cigare, qu'il avait composé un poème satirique sur son ancien précepteur, poème dont la découverte avait tellement alarmé sa tante !

Il pensait à toutes ces sottises avec une indulgence supérieure, comme si elles se perdaient dans la nuit des temps. Enfantillages, enfantillages !

Il se redressa en soupirant, se tourna avec précaution sur son siège, tira son couteau de sa poche et se mit à faire des entailles dans le tronc. Il voulait tracer un cœur enfermant la lettre « T » et il tenait à une réussite parfaite, dût-il passer plusieurs jours à cette tâche.

Ce même soir, il alla trouver le jardinier pour faire aiguiser son couteau. Il actionna lui-même la roue. Au retour, il s'assit un moment dans la vieille barque, agita l'eau avec sa main et chercha à se rappeler la mélodie qu'il avait entendue, la veille, à cet endroit. Le ciel était à demi voilé : il y aurait peut-être encore un orage, cette nuit.

LA VILLE

Titre original de la nouvelle
DIE STADT

Traduit de l'allemand par
HERVÉ DU CHEYRON DE BEAUMONT

– ON avance ! s'écria l'ingénieur quand survint, sur la voie ferrée posée depuis la veille, le deuxième train rempli de voyageurs et de charbon, d'outils et de vivres. La prairie ardait doucement sous la lumière jaune du soleil, les montagnes boisées s'élevaient dans les vapeurs bleues de l'horizon. Des chiens sauvages et des buffles effarés regardaient le désert s'animer d'un laborieux tumulte et la campagne verte se tacheter par places, de charbon, de cendre, de papier et de tôle. Le premier rabot déchira l'air de ses cris, le premier coup de fusil roula en grondant au pied des montagnes, la première enclume sonna clair sous les coups rapides du marteau. Une maison de tôle apparut, le lendemain une maison de bois, puis d'autres encore et chaque jour s'élevèrent de nouvelles maisons, bientôt construites en pierre. Les chiens sauvages et les buffles se tinrent à distance, le pays devint hospitalier et fertile, le premier printemps vit onduler dans les plaines verdoyantes les premières récoltes ; les fermes, les étables et les hangars surgirent du sol, les routes sillonnèrent les terres désertiques.

La gare fut inaugurée, puis le siège du gouvernement et la banque ; plusieurs villes sœurs, de quelques mois plus jeunes, furent bâties à proximité. De toutes les parties du monde arrivèrent des ouvriers, des paysans et des citadins, des commerçants et des avocats, des prédicateurs et des professeurs ; une école fut fondée, ainsi que trois communautés religieuses et deux journaux. À l'ouest, on découvrit des gisements de pétrole; la jeune cité connut une grande prospérité. Au bout d'un an, des voleurs à la tire, des souteneurs, des cambrioleurs, un grand magasin, une ligue anti-alcoolique, un couturier parisien, une brasserie bavaroise firent leur apparition. La concurrence des villes voisines accéléra le rythme. Il ne manquait plus rien, depuis le discours électoral jusqu'à la grève, depuis le cinéma jusqu'à la société spirite. On trouvait dans la ville des vins français, des harengs norvégiens, des saucissons italiens, des tissus anglais, du caviar russe. Des chanteurs, des danseurs et des musiciens de second ordre s'y produisirent.

Et lentement vint la culture. La ville, simple fondation à l'origine, devint peu à peu un lieu d'attache. Il y avait une certaine manière de se saluer, de hocher la tête lorsqu'on se rencontrait, qui se distinguait imperceptiblement de la manière des autres villes. Les hommes qui avaient participé à la fondation de la ville, jouirent de la considération et de la popularité générales; il émanait d'eux un petit air de noblesse. Une génération nouvelle vit le jour, à qui la ville apparut comme une antique patrie issue de la nuit des temps. L'époque où avait retenti le premier coup de marteau, où le premier meurtre avait été commis, où le premier office divin avait été célébré, où le premier journal avait été imprimé, appartenait maintenant à un passé lointain, devenait déjà de l'histoire.

La ville, promue capitale d'une grande région, régnait à présent en souveraine sur les villes voisines. Le long des rues larges et claires, où jadis les premières cabanes de planches et de tôle ondulée côtoyaient les tas de cendre et les flaques d'eau, s'élevaient maintenant, graves et dignes, des bureaux et des banques, des théâtres et des églises. Des étudiants se dirigeaient d'un pas nonchalant vers l'université et la bibliothèque; des ambulances roulaient doucement vers les cliniques; l'on saluait la voiture du député et chaque année, dans vingt imposantes écoles de pierre et d'acier l'on célébrait par des chants et des discours la fondation de la glorieuse cité. L'ancienne prairie était recouverte de champs, d'usines, de villages et traversée de vingt lignes de chemin de fer; la montagne s'était rapprochée et un train frayait sa voie jusqu'au fond des gorges. C'est là ou sur les bords lointains de la mer que les riches avaient leurs résidences d'été.

Cent ans après sa fondation, un tremblement de terre abattit la ville, la réduisant en un champ de décombres. Elle se releva de ses ruines et tout ce qui était en bois fut en pierre, tout ce qui était petit fut grand, tout ce qui était étroit fut vaste. La gare fut la plus grande du pays, la Bourse la plus grande de tout le continent; des architectes et des artistes rajeunirent la ville en l'ornant d'édifices publics, de plantations, de fontaines, de monuments. Au cours de ce siècle nouveau, elle fut considérée comme la plus belle et la plus riche cité du pays, digne entre toutes d'être visitée. Des hommes politiques et des architectes, des techniciens et des maires de villes étrangères vinrent étudier les édifices, les canalisations d'eau, l'administration et d'autres installations de la célèbre cité. Vers cette époque commença la construction du nouvel hôtel de ville, l'un des monuments le plus grands et les plus somptueux du monde, et comme cette ère de richesse naissante et d'orgueil urbain coïncidait heureusement avec le développement du goût, surtout en matière d'architecture et de sculpture, la ville en plein essor devint un chef-d'œuvre dont les lignes hardies réjouissaient le regard. Les quartiers du centre, entièrement construits en une belle pierre gris clair, étaient entourés d'une large ceinture de parcs magnifiques. Au-delà de cet anneau de verdure, les lignes de rues et de maisons se perdaient peu à peu au milieu des terrains vagues de la campagne environnante. Un musée immense fit l'admiration de nombreux visiteurs ; dans cent salles, cours et galeries, l'histoire de la ville était représentée depuis sa naissance jusqu'à son ultime développement. Le premier vestibule, extrêmement vaste, figurait l'ancienne prairie avec ses plantes et ses animaux bien soignés et les reproductions exactes des misérables habitations, ruelles et installations des premiers temps. La jeunesse de la ville y déambulait, contemplant le cours de son histoire, depuis la tente et le hangar de planches, depuis la première ébauche de voie ferrée jusqu'à la splendeur des grandes artères. Guidés et instruits par leurs maîtres, ils apprenaient les lois admirables de la croissance et du progrès : la brutalité faisant place à la finesse, l'animalité à l'humanité, la sauvagerie à la culture, la misère à l'abondance, la nature à la civilisation.

Au siècle suivant, la ville atteignit l'apogée de sa gloire. Elle déploya ses fastes et sa puissance jusqu'à ce qu'une révolution sanglante des classes inférieures vînt y mettre un terme. La populace incendia de nombreuses raffineries de pétrole à quelques milles de la ville, de sorte qu'une grande partie du pays fut détruite par le feu, avec ses usines, ses fermes et ses villages, ou rendue au désert. La ville elle-même connut des massacres et des horreurs de toute sorte mais elle subsista et se releva lentement durant les décennies suivantes, qui furent calmes – sans cependant retrouver sa joie de vivre et son bonheur d'architecture. Durant cette mauvaise période, un pays lointain d'au-delà des mers avait connu un développement rapide ; il livra du blé et du fer, de l'argent et d'autres richesses qui témoignaient de la générosité d'un sol inépuisable. Le nouveau pays attira irrésistiblement les forces inemployées, les aspirations et les désirs de l'ancien monde ; des villes surgirent en une nuit, des forêts disparurent, des cataractes furent domptées.

La belle cité commença à s'appauvrir. Elle avait cessé

d'être le cœur et le cerveau du monde, le marché et la Bourse de nombreux pays. Elle se contenta d'exister et de ne pas s'effacer dans le tumulte des temps nouveaux. Les forces que le lointain nouveau monde n'absorbait pas, n'avaient plus rien à bâtir, plus rien à conquérir et presque plus rien à négocier ni à gagner. En revanche, une vie intellectuelle prit naissance sur cette terre de vieille civilisation et la ville languissante engendra des savants et des artistes, des peintres et des poètes. Les descendants de ceux qui jadis avaient édifié sur un jeune sol les premières maisons, consacraient leur vie à la tardive et calme floraison des plaisirs de l'esprit et des aspirations de l'âme ; ils peignaient la mélancolique splendeur des vieux jardins couverts de mousse, avec leurs statues rongées par le temps et leurs eaux vertes, et célébraient dans des vers délicats le tumulte lointain des âges héroïques ou les rêves secrets d'hommes las dans des palais anciens.

Le nom de cette ville, sa gloire, retentirent encore une fois à travers le monde. Les guerres, à l'extérieur, avaient beau ébranler la terre et toutes sortes de travaux occuper les peuples, on savait ici, dans le silence de l'isolement, faire régner la paix et recueillir l'ultime éclat des siècles enfuis : rues silencieuses où pendaient des branches fleuries, immenses édifices dont les façades délavées rêvaient le long de places que nul bruit ne venait troubler, vasques moussues où s'écoulait la musique frêle des eaux joueuses.

Pendant des siècles, la vieille cité de rêve fut pour le nouveau monde un site vénérable et chéri, chanté par les poètes et visité par les amants. Pourtant la vie de l'humanité s'orientait de plus en plus vers d'autres parties du monde. Et dans la ville elle-même, les descendants des vieilles familles disparurent ou dégénérèrent peu à peu. Les derniers feux de l'esprit s'étaient éteints depuis longtemps ; il ne restait plus qu'un grand corps décomposé. Les petites villes du voisinage n'existaient plus depuis un certain nombre d'années; leurs ruines silencieuses étaient visitées par des peintres et des touristes étrangers, hantées de bohémiens et de malfaiteurs évadés.

À la suite d'un tremblement de terre qui cependant épargna la ville elle-même, le cours du fleuve fut détourné; une partie du pays dévasté se transforma en marais et une autre en étendues arides. Des montagnes, où les restes des ponts de pierre et des villas retournaient en poussière, descendit lentement la forêt, l'antique forêt. Elle vit l'immense territoire désert et entraîna lentement dans son orbe vert chaque lopin de terre l'un après l'autre: ici parsemant un marais d'une verdure murmurante, là, un éboulis de conifères vivaces.

La ville n'eut finalement plus d'habitants, hormis une troupe de gens sans aveu, incultes et farouches, qui trouvaient asile dans les palais écroulés des anciens âges et faisaient paître leurs maigres chèvres dans les jardins et les rues de jadis. Cette dernière population périt elle aussi peu à peu de maladie et d'imbécillité; toute la contrée, envahie par les fièvres depuis l'apparition des marais, fut vouée à l'abandon.

Les restes imposants du vieil hôtel de ville, jadis orgueil de la cité, se dressaient encore très haut. On le chanta dans toutes les langues et il donna lieu à d'innombrables légendes chez les peuples voisins dont les villes étaient depuis longtemps aussi laissées à l'abandon et dont la culture tombait en décadence. Dans les histoires de revenants que l'on racontait aux enfants et dans de mélancoliques églogues, reparaissaient encore, tels des fantômes grimaçants, le nom de la ville et sa splendeur défunte. Des savants, envoyés par des peuples lointains et prospères, venaient parfois, en de périlleuses expéditions, visiter les décombres de la ville dont les mystères suscitaient les conversations passionnées des écoliers des pays lointains. On prétendait que la ville possédait des portes d'or pur et des tombeaux pleins de pierres précieuses. Les tribus sauvages des nomades de la région conservaient, disait-on, depuis des temps fabuleux, les vestiges d'un art magique millénaire.

Mais la forêt continua de descendre des montagnes dans la plaine ; des lacs et des rivières se formèrent et disparurent et la forêt avança et elle saisit et enveloppa lentement tout le pays et les restes des rues, des palais, des temples, des musées. Le renard et la martre, le loup et l'ours peuplèrent l'étendue.

Sur l'emplacement d'un palais dont plus une pierre n'était visible, se dressait un jeune pin : il avait été l'année précédente le premier éclaireur de la forêt en marche. À présent, il regardait à son tour les jeunes pousses qui pointaient au loin.

– On avance ! s'écria un pivert qui martelait un tronc d'arbre et il considéra la forêt envahissante et la progression magnifique de la verdure avec satisfaction.

LE CYCLONE

Titre original de la nouvelle
DER ZYKLON

Traduit de l'allemand par
HERVÉ DU CHEYRON DE BEAUMONT

VERS 1895, j'effectuai un service volontaire dans une petite usine de ma ville natale que je devais quitter la même année pour toujours. J'avais à peu près dix-huit ans et j'étais inconscient de mon bonheur ; pourtant, je jouissais chaque jour de ma jeunesse et la sentais vibrer autour de moi comme l'oiseau sent vibrer l'air. Je ne manque pas de rappeler aux vieilles gens dont la mémoire est parfois défaillante, que cette année-là, notre région fut dévastée par un cyclone dont la violence resta unique dans les annales de notre pays.

Deux ou trois jours avant la tempête, je m'étais blessé la main gauche avec un burin d'acier. La blessure était profonde, je dus panser ma main enflée et interrompre mon travail à l'atelier.

Je me souviens que durant toute la fin de l'été, une chaleur extraordinairement accablante pesait sur notre étroite vallée et qu'au fil des jours, les orages succédaient aux orages. La nature brûlait d'une fièvre dont j'étais atteint moi-même sans bien m'en rendre compte, mais le souvenir m'en est resté grâce à certains détails.

Le soir, lorsque j'allais à la pêche, je trouvais les poissons étrangement énervés par la touffeur de l'air : ils se pressaient confusément en tous sens, bondissaient fréquemment hors de l'eau tiède et se jetaient aveuglément sur l'hameçon.

Puis, le temps devint un peu plus frais, un peu plus calme, les orages s'espacèrent et à l'aube, on sentait déjà une odeur d'automne.

Un matin, je quittai la maison et m'en allai au gré de ma fantaisie, un livre et un morceau de pain dans la poche. Comme d'habitude lorsque j'étais enfant, je courus d'abord derrière la maison, dans le jardin encore plongé dans l'ombre. Les sapins que mon père avait plantés et que j'avais connus tout jeunes et minces comme des perches, dressaient maintenant leurs troncs robustes. À leurs pieds, s'entassaient des aiguilles jaunies. Depuis des années, il ne poussait là que des pervenches ; mais, à côté, disposées en une étroite et longue plate-bande, resplendissaient les fleurs de ma mère, dont on cueillait les grands bouquets du dimanche. Il y avait là une plante aux petites fleurs vermillon réunies en faisceaux, qu'on appelait « amour ardent » ; un délicat arbuste portait, accrochées à ses minces branches, quantité de fleurs rouges et blanches en forme de cœur, nommées « cœurs de femme » ; un autre arbrisseau s'appelait « orgueil puant ». Tout près s'élevaient les longues tiges des asters qui n'avaient pas encore fleuri et au milieu d'eux rampaient sur le sol la joubarbe grasse aux épines molles et le bizarre pourpier.

Cette longue et étroite plate-bande avait toutes nos faveurs, elle était notre jardin de rêve, parce que nous y trouvions rassemblées toutes sortes de fleurs étranges, que nous préférions aux roses des deux parterres ronds.

Quand le soleil illuminait le mur couvert de lierre, chaque plante révélait sa vraie nature et apparaissait dans toute sa beauté : les glaïeuls paradaient dans leurs couleurs grasses et vives, l'héliotrope gris, ensorcelé, s'absorbait dans son parfum capiteux, le vulpin résigné laissait pendre sa tête flétrie et l'ancolie se dressait de tout son haut et faisait tinter ses quadruples clochettes. Suspendues aux verges d'or et au phlox bleu, les abeilles bourdonnaient et de petites araignées brunes couraient en tous sens sur le lierre épais ; au-dessus des giroflées vibraient ces papillons rapides, appelés sphinx, aux gros corps et aux ailes de verre, au vol sonore et capricieux.

En cet instant de délicieux loisir, j'allais d'une fleur à l'autre, humais ici et là le parfum d'une ombelle ou bien j'ouvrais délicatement un calice pour en regarder l'intérieur, en contempler les abîmes mystérieux et pâles et la disposition paisible des veinules, des pistils, des étamines duvetées et des cannelures de cristal.

J'étudiais aussi le ciel nébuleux du matin où se mêlaient en un désordre étrange des traînées de brume et de petits nuages pareils à des flocons de laine.

Il me semblait qu'un nouvel orage allait éclater et je me promis d'aller pêcher pendant une partie de l'après-midi. Je m'empressai de déterrer quelques pierres de tuf au bord du chemin, dans l'espoir de trouver des vers de terre, mais je ne vis qu'un peuple de cloportes secs et gris sortir de leur trou à la hâte et se sauver, affolés, dans toutes les directions.

Je me demandai ce que j'allais faire mais aucune idée ne me vint. Un an auparavant, aux dernières vacances, j'étais encore un enfant. Mes occupations favorites : tirer avec mon arc de noisetier, lancer mon cerf-volant, faire sauter les trous de mulots avec de la poudre à fusil, n'avaient plus le même attrait, comme si une part de moi-même, lassée des anciens jeux, ne répondait plus à l'appel des joies promises.

Frappé de stupeur et d'une angoisse muette, je parcourais des yeux le domaine familier de mes joies d'enfant. Le petit jardin, la terrasse fleurie, la cour humide et sans soleil, avec son pavé vert de mousse me regardaient ; ils avaient changé d'aspect, même les fleurs avaient perdu leur charme naguère inépuisable.

Dans un coin du jardin, le vieux tonneau et son tuyau ne m'inspiraient plus que de l'ennui ; autrefois j'avais mis mon père au supplice en faisant couler l'eau des matinées ou des après-midi entiers pour actionner des roues de moulin en bois ; sur le chemin j'avais construit des digues, creusé des canaux, déclenché de formidables inondations. Le tonneau rongé par les intempéries avait été un ami fidèle, un compagnon de jeux ; en le regardant, je sentis encore en moi un faible écho des plaisirs d'antan, mais ces plaisirs avaient à présent un goût de cendre et le tonneau n'était plus rien, ni fontaine, ni fleuve, ni Niagara.

Tout songeur, j'escaladai la palissade ; un liseron effleura mon visage ; je le cueillis et le mis à la bouche. J'étais décidé à faire une promenade et à regarder notre ville du haut de la montagne. Cette idée était, elle aussi, un pis-aller ; elle ne me fût jamais venue à l'esprit en d'autres temps. Un jeune garçon ne va pas se promener. Un jeune garçon, c'est un brigand, un chevalier ou un Indien qui court les bois, un batelier, un pêcheur ou un constructeur de moulin au bord de la rivière, un chasseur de papillons et de lézards au milieu des prés. Ainsi ma promenade m'apparaissait comme l'occupation digne et un peu ennuyeuse d'une grande personne qui ne sait pas au juste ce qu'elle veut faire.

Mon liseron bleu fut bientôt fané et jeté au loin et je me mis à mordiller un rameau de buis arraché au passage : j'en goûtais la saveur amère et aromatique. Près du talus de la voie ferrée où poussaient de grands genêts, un lézard vert fila devant mes pieds ; alors, mon enfance se réveilla en moi et sans plus penser à me reposer, je courus me mettre en embuscade ; je guettai jusqu'à ce que je réussisse à saisir dans mes mains la petite bête craintive, encore toute chaude de soleil. Je considérais ses petits yeux brillants comme des pierres précieuses ; retrouvant au fond de moi les délices de la chasse, je sentais le corps souple et fort et les pattes dures se raidir et se débattre entre mes doigts. Mais mon plaisir s'épuisa vite et je ne sus que faire de l'animal captif. C'était bien fini, je n'éprouvai plus aucune joie. Je me baissai, ouvris la main ; le lézard surpris, resta un instant immobile, les flancs animés d'une respiration précipitée, puis il disparut vivement dans l'herbe. Un train passa tout près sur les rails luisants, je le suivis des yeux et compris en un instant que rien ne me retenait plus ici et je souhaitais ardemment partir dans ce train à la découverte du monde.

Je jetai un coup d'œil à la ronde à la recherche du garde-voie, mais ne voyant ni n'entendant rien, je franchis d'un bond la voie ferrée et entrepris d'escalader la haute paroi de grès rouge où étaient encore visibles les trous noirs des explosifs datant de la construction du chemin de fer. Je connaissais bien le passage qui menait au sommet ; je m'accrochais aux solides touffes de genêts dont les fleurs étaient déjà flétries. Sur la roche rouge couvait l'âpre chaleur solaire, le sable brûlant coulait dans mes manches pendant que je grimpais et lorsque je levais la tête, je voyais au-dessus de la falaise abrupte, le ciel chaud et lumineux, étonnamment proche et dur. Soudain, je fus en haut, je pus prendre appui sur le rebord rocheux, hisser mes genoux, m'accrocher au tronc d'un petit acacia, mince et épineux. Je me trouvais maintenant sur un terrain perdu, en pente raide et recouvert d'herbe.

Ce petit désert tranquille sous lequel passent les trains, raccourcis par l'escarpement, avait été autrefois pour moi un précieux refuge. Outre l'herbe, dure et sauvage que nul n'avait jamais fauchée, poussaient de petits rosiers aux fines épines et quelques chétifs acacias, semés par le vent, dont les feuilles minces et transparentes laissaient passer la lumière du soleil.

Sur cet îlot de verdure, délimité vers le haut par une ceinture de rochers rouges, j'avais jadis mené la vie de Robinson ; ce lieu solitaire appartenait à quiconque avait l'humeur aventureuse et le courage de la conquérir par une escalade verticale. C'est là qu'à l'âge de douze ans, j'avais gravé au burin mon nom dans la pierre, là que j'avais lu jadis *Rosa de Tannenbourg* et composé une drame enfantin dont le héros était le vaillant chef d'une tribu d'Indiens en voie de disparition.

L'herbe brûlée par le soleil pendait en touffes pâles, blanchâtres le long de la pente abrupte, les feuilles embrasées des genêts répandaient dans l'air chaud, qu'aucun souffle n'agitait, une odeur forte et amère. Je m'allongeai sur le sol sec et admirai les feuilles des acacias, la finesse de leur architecture, l'élégance et la précision de leur disposition : traversées par la lumière vive du soleil, elles se détachaient immobiles sur le bleu foncé du ciel. Je réfléchissais. Le moment me semblait venu d'examiner ma vie et mon avenir.

Cependant, il me fut impossible d'y rien découvrir de neuf. Seule m'apparaissait le singulier appauvrissement dont j'étais menacé de toutes parts ; je voyais les joies éprouvées et les pensées familières pâlir et s'effacer dans un lointain sinistre. Tout ce que j'abandonnais à regret, toute la félicité de l'enfance perdue à jamais n'était en rien compensé par l'exercice d'un métier que j'aimais peu et que d'ailleurs je n'ai pas gardé longtemps. Il n'était pour moi qu'un moyen de m'évader, de connaître le monde où certainement m'attendaient quelque part des satisfactions nouvelles. Mais lesquelles ?

Je pourrai parcourir le monde et gagner de l'argent, je ne serai plus obligé de demander à mes parents la permission de faire ce que je voulais, je pourrai jouer aux quilles le dimanche et boire de la bière.

Mais tout cela, je le savais bien, était sans importance ; la vie nouvelle qui m'était promise avait un autre sens. Ce véritable sens était ailleurs, plus profond, plus beau, plus mystérieux ; il me conduisait je le sentais vers les filles et vers l'amour. L'amour, j'en étais sûr, était la source de plaisirs intenses et de satisfactions profondes ; car il fallait bien que le sacrifice des joies enfantines eût un sens.

Les choses de l'amour ne m'étaient pas inconnues, j'avais souvent vu des couples d'amoureux et lu des poèmes d'amour merveilleux et troublants. J'avais moi-même été amoureux plusieurs fois et ressenti en rêve un peu de cette douceur pour laquelle un homme engage sa vie et qui est le but de ses actes et de ses aspirations. Certains de mes camarades de classe sortaient déjà avec des filles et à l'atelier, des collègues parlaient librement des bals du dimanche et de fenêtres escaladées nuitamment. Cependant, l'amour était encore pour moi un jardin fermé et j'attendais, plein d'un désir timide devant sa porte close.

Ce fut dans la dernière semaine, peu de temps avant l'accident du burin que je perçus nettement en moi le premier appel. Je me trouvais depuis dans cet état d'inquiétude rêveuse propre à ceux qui vont partir. Ma vie avait basculé dans le passé et l'orientation de mon avenir m'était apparue clairement.

Un soir, comme je rentrais chez moi, le second apprenti m'avait pris à part pour me dire qu'il m'avait trouvé une bonne amie, une jolie fille qui n'avait pas encore d'amoureux et qui n'en voulait d'autre que moi ; elle avait, paraît-il, confectionné un porte-monnaie de soie à mon intention. Mon camarade ne voulut pas me révéler le nom de la jeune fille, je le devinerais bien moi-même, disait-il. Je le pressai d'abord de questions puis, comme il persévérait dans sa discrétion, je pris l'air dédaigneux de celui que de telles choses n'intéressent pas. Il s'arrêta alors, nous étions sur la passerelle du moulin, au-dessus de l'eau, et me dit tout bas: « Elle est juste derrière nous. »

Surmontant ma gêne, je me retournai, espérant et craignant à la fois que tout cela ne fût qu'une plaisanterie: derrière nous une jeune fille de la filature de coton montait les marches du pont. C'était Berta Voegtlin que j'avais connue au catéchisme. Elle s'arrêta, me regarda et sourit; puis, elle rougit lentement et tout son visage fut bientôt en feu. Je hâtai le pas et rentrai chez moi.

Depuis ce jour, elle avait cherché par deux fois à me rencontrer, une fois à la filature où nous travaillions, la seconde fois un soir, après la sortie de l'usine. Elle s'était contentée de me dire: « Bonsoir », et d'ajouter: « Alors, le travail est fini ? » Elle voulait, bien sûr, engager la conversation mais j'avais simplement fait oui de la tête et j'étais parti tout gêné.

Cette histoire occupait confusément mes pensées. J'avais souvent rêvé d'aimer une jolie fille, c'était même mon plus cher désir. Et voici que se présentait une jolie blonde, un peu plus grande que moi, qui voulait reposer dans mes bras et recevoir mes baisers; une grande et belle fille au joli visage blanc et rose. Dans l'ombre de sa nuque jouaient de petits cheveux frisés et ses yeux étaient pleins d'espoir et d'amour. Mais je n'avais jamais pensé à elle, je n'en avais jamais été épris, je n'avais jamais rêvé tendrement à elle, je n'avais jamais murmuré son nom, les lèvres tremblantes, dans le creux de mon oreiller. J'aurais pu, si je l'avais voulu, la caresser, l'avoir toute à moi, mais je ne pouvais l'aimer ni l'adorer à genoux.

Où tout cela me mènerait-il ? Que devais-je faire ? Je me relevai, l'humeur maussade, de ma couche d'herbe. Ah ! j'étais dans une bien mauvaise passe. Si seulement mon année d'usine finissait demain, si j'avais pu partir loin d'ici, recommencer ailleurs ma vie et tout oublier.

Pour faire quelque chose et me sentir vivre, je résolus de monter tout en haut de la montagne, malgré la difficulté de l'entreprise. Au sommet, on dominait la petite ville et le regard portait loin. Je m'élançai, gravis au pas de course la pente jusqu'au premier rocher et prenant appui sur les parois des rocs, débouchai sur la cime inhospitalière ; elle était parsemée de broussailles et de blocs de rochers branlants. Baigné de sueur et hors d'haleine, je respirais plus librement l'air des hauteurs ensoleillées qu'animait une faible brise. Des roses flétries pendaient sur leurs tiges lâches et laissaient tomber au moindre contact des pétales fatigués et pâles. Partout poussaient de petits mûriers verts dont seules les parties exposées au soleil brillaient déjà d'un faible éclat de métal brun. Des belles-dames volaient paisiblement dans la chaleur et le silence, traçant dans l'air des éclairs de couleurs ; sur une ombelle d'achillée, que cernait un reflet bleuâtre, une foule innombrable et muette de scarabées étranges, tachés de rouge et de noir, remuaient mécaniquement leurs longues pattes maigres. Les nuages avaient depuis longtemps disparu du ciel et les pointes noires des sapins qui se dressaient sur les montagnes boisées toutes proches se découpaient sur l'azur diaphane.

Parvenu sur le plus haut rocher, où nous allumions toujours, lorsque nous étions écoliers, nos feux d'automne, je m'arrêtai et me retournai. Au fond de la vallée baignée d'ombre miroitait la rivière et les batardeaux étincelaient sous leur écume blanche ; blottie au creux de la vallée, je voyais notre vieille ville avec ses toits bruns au-dessus desquels montaient, droites et calmes, les fumées bleues de midi. Il y avait la maison de mon père et le vieux pont, notre atelier où rougeoyait le petit foyer de la forge et plus loin, en aval, la filature ; l'herbe poussait sur son toit plat, et derrière ses vitres brillantes, travaillait, ainsi que beaucoup d'autres, Berta Voegtlin. Encore elle ! Je ne voulais plus y penser.

Ma ville natale levait vers moi son visage bien connu, ses jardins, ses places et ses recoins familiers, témoins de mes jeux d'enfant ; les chiffres dorés de l'horloge du clocher brillaient malicieusement dans le soleil et l'ombre fraîche du canal reflétait les silhouettes noires des maisons et des arbres. Moi seul avais changé et si le spectre du dépaysement se glissait à présent entre ces images et moi, j'en étais seul responsable. Ma vie n'était plus enclose dans ce paysage tranquille et sûr de murs, d'eaux et de bois.

Certes, des liens solides m'attachaient encore à ces lieux, mais je ne m'y sentais plus enraciné ni enfermé et partout les vagues de mes désirs débordaient ces limites étroites et cherchaient à gagner le large. Tout en regardant la vallée, en proie à une étrange tristesse, je sentais se lever en moi mes espoirs les plus secrets ; des propos de mon père, des paroles de poètes vénérés se mêlaient à mes vœux les plus intimes et il m'apparaissait que c'était une chose grave mais bien douce que d'être un homme et de tenir en main son propre destin.

Aussitôt, cette pensée jeta une lumière nouvelle dans l'incertitude où je me débattais au sujet de Berta Voegtlin. Qu'elle fût jolie, qu'elle m'aimât, cela ne me concernait pas ; je ne voulais pas recevoir des mains d'une jeune fille un bonheur tout prêt que je n'aurais pas conquis moi-même.

Il n'était pas loin de midi. Toute envie d'escalade m'avait quitté ; pensif, je descendis le sentier qui menait à la ville. Je passai sous le petit pont du chemin de fer où chaque été j'avais capturé dans les buissons d'orties les chenilles sombres et velues des paons de jour et longeai le mur du cimetière : devant la porte, un noyer moussu répandait toujours son ombre épaisse. Cette porte était ouverte et j'entendis à l'intérieur le murmure de la fontaine. Juste à côté, s'étendait l'emplacement des jeux et des fêtes de la ville ; c'est là que le premier mai et le jour anniversaire de la victoire de Sedan, l'on mangeait, buvait, discourait et dansait. À présent, ces lieux étaient silencieux, oubliés à l'ombre d'énormes châtaigniers séculaires et des taches de soleil parsemaient le sable roux.

En bas, dans la vallée, la chaleur impitoyable de midi embrassait la route qui longeait la rivière ; sur la rive qui faisait face aux maisons exposées à la lumière crue du soleil, se dressaient de loin en loin des frênes et des érables dont les maigres feuillages jaunissants annonçaient déjà la fin de l'été.

Comme d'habitude, je marchais à côté de l'eau, cherchant des yeux les poissons. Dans la rivière transparente comme du verre, des algues épaisses et barbues remuaient en longues ondulations ; çà et là, dans des trous sombres que je connaissais bien, se tenait, immobile, un gros poisson solitaire et indolent, le museau dirigé contre le courant, et de temps en temps, près de la surface, de jeunes ablettes filaient en petits groupes sombres. J'avais bien fait de ne pas aller à la pêche le matin ; pourtant l'état de l'air et de l'eau, et la façon dont un vieux barbeau sombre se reposait dans l'onde claire entre de gros cailloux ronds me promettaient sans doute une bonne prise pour l'après-midi. Je notai mentalement tout cela en continuant mon chemin et je respirai profondément lorsque, quittant la route aveuglante, je franchis la porte cochère et pénétrai dans le vestibule de notre maison, où régnait une fraîcheur de cave.

– Je crois que nous aurons encore un orage aujourd'hui, dit au cours du repas mon père qui avait un don pour prédire le temps.

Mais j'objectai qu'il n'y avait pas le moindre nuage dans le ciel ni le moindre souffle de vent d'ouest.

Il me répondit en souriant :

– Ne sens-tu pas comme l'atmosphère est tendue ? Enfin, nous verrons bien.

Il faisait lourd en effet, et l'égout dégageait une odeur forte comme lorsque le foehn se met à souffler. L'escalade et l'air brûlant que j'avais respiré m'emplissaient après coup d'une grande lassitude et je m'assis face au jardin sur la véranda. Malgré la difficulté que j'éprouvais à fixer mon attention et la somnolence qui me gagnait, je m'efforçais de lire l'histoire de Gordon pacha, le héros de Khartoum et je sentais moi aussi venir l'orage. Le ciel était toujours d'un bleu très pur, mais l'air devenait de plus en plus pesant, comme si des couches de nuages enflammés voilaient le soleil qui n'en continuait pas moins à briller au zénith.

À deux heures, je rentrai dans la maison et me mis à préparer mon matériel de pêche. Tout en examinant mes lignes et mes hameçons, je ressentais déjà cette excitation intérieure que procure la perspective de la pêche et constatais avec plaisir que cette passion au moins m'était restée.

Le silence étrangement lourd et compact de cet après-midi est demeuré en moi inoubliable. Mon seau à poissons à la main, je descendis le long de la rivière jusqu'à la passerelle que recouvrait à moitié l'ombre des hautes maisons. On entendait dans la filature proche le bourdonnement régulier et entêtant des machines, semblable à un vol d'abeilles et là-haut, dans la scierie retentissait à chaque minute le grincement ébréché et hostile de la scie circulaire. Sinon, tout était calme, les ouvriers s'étaient réfugiés à l'ombre des ateliers, il n'y avait personne sur le chemin. Dans l'île du Moulin, un petit garçon nu barbotait entre les pierres mouillées. Devant l'atelier du charron, des planches brutes appuyées au mur répandaient dans le soleil une violente odeur de bois sec qui parvenait jusqu'à moi et que je percevais nettement au milieu de l'épaisse senteur d'eau poissonneuse.

Le temps inhabituel agissait aussi sur les poissons dont le comportement devenait bizarre. Au cours du premier quart d'heure, quelques gardons s'approchèrent de ma ligne : l'un d'eux, une bête large et lourde aux nageoires abdominales d'un rouge magnifique, arracha le fil au moment précis où j'allais la saisir. Tout de suite après une agitation se fit parmi tout le peuple aquatique, les gardons s'enfoncèrent dans la vase sans plus se soucier de l'appât, mais en surface apparurent des bandes d'alevins fuyards qui remontaient la rivière en troupes toujours renouvelées. Tout annonçait un changement de temps mais l'air était immobile et vitreux et le ciel sans voile.

Je supposais que des eaux d'égout avaient chassé les poissons, mais comme je n'étais pas disposé à renoncer à ma pêche, je résolus de tenter ma chance plus loin et allai me poster au bord du canal de la filature. À peine m'étais-je installé près du hangar et avais-je disposé mes affaires que Berta passa la tête à l'une des fenêtres de l'escalier de l'usine : elle regardait dans ma direction et faisait des signes. Je fis semblant de ne rien voir et me penchai sur ma ligne.

L'eau sombre coulait entre les murs du canal, j'y voyais reflétée ma silhouette assise, ses contours tremblants et ondulés, et ma tête entre mes pieds. La fille, toujours à la fenêtre, m'appelait, mais je regardais l'eau fixement, sans bouger ni tourner la tête.

Il n'y avait rien à faire pour pêcher aujourd'hui ; à l'endroit où j'étais, les poissons se précipitaient en tous sens comme pour vaquer à des besognes urgentes. Fatigué par la chaleur accablante, je restais assis sur la murette ; n'espérant plus rien de cette journée, je souhaitais que le soir fût déjà là. Derrière moi, le bourdonnement continuel des machines résonnait dans les salles de la filature, l'eau du canal se frottait avec un léger murmure contre les parois humides recouvertes de mousse verte. Somnolent, indifférent à tout, je restais assis, trop paresseux pour enrouler à nouveau mon fil.

Au bout d'une demi-heure à peu près, une sensation soudaine d'inquiétude et de profond malaise me tira de ma torpeur. Un souffle de vent, dru et fiévreux, tournoyait follement sur lui-même ; l'air était épais et fade, quelques hirondelles effrayées effleuraient l'eau. J'avais le vertige, comme sous l'effet d'une insolation ; l'odeur de l'eau sembla plus forte, une nausée monta en moi, m'emplit la tête et me baigna le corps de sueur. Je retirai ma ligne pour rafraîchir mes mains aux gouttes d'eau et me mis à ranger mon matériel de pêche.

En me redressant, j'aperçus dans la cour de la filature la poussière tourbillonner en petits nuages folâtres qui s'élevèrent soudain pour ne plus former qu'une seule nuée ; tout là-haut, dans l'air ému, des oiseaux fuyaient comme frappés à coups de fouet et tout de suite après, je vis, vers l'aval, l'air devenir blanc comme dans une tempête de neige. Le vent, singulièrement froid, fondit sur moi comme un ennemi, emporta ma ligne et ma casquette et me meurtrit le visage à coups de poing.

L'air blanc que j'avais vu dressé comme une muraille

de neige au-dessus des toits lointains, m'enveloppa soudain, âpre et froid, l'eau du canal gicla comme sous les coups rapides des roues du moulin, ma ligne avait disparu et autour de moi éclatèrent les rugissements furieux d'une bourrasque, blanche et dévastatrice ; des coups me heurtaient la tête et les mains, la terre jaillissait contre mon corps, du sable et des morceaux de bois tourbillonnaient dans l'air.

Je ne comprenais rien, je sentais seulement que se produisait quelque chose de terrible et que j'étais en danger. D'un bond, je me jetai à l'intérieur du hangar, aveuglé par la surprise et la frayeur. Je m'accrochai à une poutrelle de fer, restai étourdi, hors d'haleine durant quelques secondes, en proie au vertige et à une peur animale. Puis, je commençai à comprendre, une tempête d'une violence infernale que je n'aurais jamais crue possible, se déchaînait sous mes yeux ; des sifflements, tantôt timides, tantôt furieux déchiraient l'air ; sur le toit plat au-dessus de moi et sur le sol devant l'entrée, une grêle blanche s'abattait en épaisses gerbes ; quelques grêlons roulaient jusqu'à mes pieds.

Le fracas de la grêle et du vent était terrible, le canal bouillonnait sous les coups de fouet de l'ouragan montant et descendant le long des murs en houles rageuses.

Je vis en une minute toutes sortes d'objets traverser l'air, des planches, des bardeaux, des branches d'arbres, des pierres, des morceaux de mortier, aussitôt recouverts par la masse des grêlons ; j'entendais des tuiles se briser comme sous l'action rapide de coups de marteau, du verre voler en éclats, des gouttières tomber.

Quelqu'un arrivait en courant de l'usine, traversait la cour recouverte de glace, les vêtements flottants, inclinant le corps de biais contre la tempête. La silhouette se dirigeait vers moi en titubant, luttant au sein de l'horrible chaos. Elle entra dans le hangar, courut vers moi, un visage calme, étranger et familier à la fois, aux grands yeux tendres et au sourire malheureux s'arrêta devant mes yeux, une bouche tranquille et chaude chercha ma bouche, la baisa longuement avec une avidité haletante, des mains étreignirent mon cou, des cheveux blonds mouillés se pressèrent contre mes joues et pendant qu'autour de nous, l'ouragan ébranlait l'univers, la tempête d'un silencieux désir s'emparait de moi, plus intense et plus terrible.

Nous étions assis étroitement enlacés sur une pile de planches et ne disions mot ; frappé de stupeur, je caressais timidement les cheveux de Berta et appuyais mes lèvres sur sa bouche forte et pleine ; sa chaleur m'enveloppait d'une douceur qui me faisait souffrir. Je fermai les yeux et elle serra ma tête sur son cœur battant et contre son ventre ; ses mains légères erraient fébriles sur mon visage et mes cheveux.

Comme j'ouvrais les yeux, encore étourdi par le vertige de mes sens, je vis penché sur moi, son visage empreint de gravité et de tristesse. Ses yeux éperdus me regardaient. De son front clair, coulait, au-dessous des cheveux en désordre, un mince filet de sang vermeil qui barrait tout le visage jusqu'à la gorge.

– Qu'y a-t-il ? Que s'est-il passé ? m'écriai-je plein d'angoisse.

Son regard plongea plus profond dans mes yeux ; elle eut un faible sourire.

– Je crois que c'est la fin du monde, dit-elle doucement et le vacarme de l'ouragan engloutit ses paroles.

– Tu saignes, dis-je.

– C'est la grêle. Laisse. As-tu peur ?

– Non, et toi ?

– Je n'ai pas peur. Dis donc, toute la ville est en train de s'écrouler. Tu ne m'aimes pas du tout, dis ?

Je me tus en regardant, fasciné, ses grands yeux clairs ; ils étaient pleins d'amour et de souffrance et tandis qu'ils restaient inclinés vers les miens, tandis que sa bouche avide pesait sur la mienne, je contemplais ses yeux graves; le long de son œil gauche coulait le mince filet de sang vermeil sur sa peau blanche et fraîche. Pendant que mes sens défaillaient, mon cœur résistait désespérément contre cette ivresse, refusait d'être pris de force. Je me relevai et elle lut dans mon regard que j'avais pitié d'elle.

Alors elle se redressa et me regarda d'un air fâché; et comme je lui tendais la main en un geste qui marquait mon regret et mon désarroi, elle la saisit dans les siennes, y enfouit son visage, tomba à genoux et se mit à pleurer. Ses larmes coulaient chaudes sur ma main tremblante. Je la regardais, embarrassé; sa tête agitée de sanglots reposait sur ma main; sur sa nuque jouait un léger duvet ombreux. Si c'était une autre, pensais-je avec dépit, une que j'aimerais vraiment, à qui je pourrais donner mon âme, avec quelle tendresse je caresserais ce charmant duvet et je baiserais cette nuque blanche!

Mon sang s'était calmé et je souffrais tous les tourments de la honte à voir cette fille agenouillée à mes pieds, car je n'étais nullement disposé à lui sacrifier ma jeunesse et mon orgueil.

Cette scène qui par la magie de l'instant me parut durer de longs mois, et qui aujourd'hui encore avec toutes les menues émotions, les moindres gestes dont elle est faite, occupe dans ma mémoire une place immense, cette scène ne dura en réalité que quelques minutes.

Une éclaircie survint, des morceaux de ciel bleu, innocents et paisibles, luisaient d'un éclat humide puis le vacarme de la tempête se tut d'un seul coup et un silence extraordinaire, incroyable nous entoura.

Je sortis du hangar, comme en rêve l'on sort d'une caverne fantastique; étonné d'être encore en vie, je fis quelques pas dans la lumière retrouvée. La cour déserte était dans un état pitoyable, on eût dit qu'une troupe de chevaux avait piétiné et fouillé la terre; d'énormes grêlons s'entassaient un peu partout; je ne retrouvai pas mes ustensiles de pêche, même le seau à poissons avait disparu. La fabrique retentissait d'un brouhaha de voix; par cent fenêtres cassées, je pouvais voir les salles où s'agitaient des silhouettes; des gens se bousculaient à toutes les portes. Le sol était jonché de débris de verre et de tuiles éclatées, une longue gouttière de tôle pendait de travers, tordue, sur la moitié du bâtiment.

Je m'arrachai à cette vue, n'éprouvant plus qu'une grande angoisse et la folle curiosité de savoir ce qui s'était réellement passé, de connaître l'étendue des dégâts. Les fenêtres et les tuiles brisées de l'usine offraient un spectacle de désolation, mais enfin ce n'était pas aussi terrible qu'un premier regard pouvait le laisser croire, et sans commune mesure avec l'impression épouvantable que le cyclone m'avait faite. Je respirai, soulagé et bizarrement déçu, dégrisé : les maisons étaient debout comme avant et les montagnes aussi, de chaque côté de la vallée. Non, ce n'était pas la fin du monde.

Je quittai la cour de la fabrique, franchis le pont et débouchai dans la première rue; à mesure que j'avançais, le désastre prenait des proportions plus inquiétantes. La petite rue était jonchée de débris de verre et de volets arrachés, des cheminées étaient tombées, entraînant dans leur chute des morceaux de toit, des gens effarés se lamentaient sur le pas de leurs portes et tout cela me rappelait ces vieilles gravures qui représentent des cités assiégées et conquises. Des cailloux et des branches encombraient le chemin, partout béaient des fenêtres, hérissées d'éclats et de débris de toutes sortes, des clôtures de jardin gisaient à terre ou pendaient en claquant sur la pierre des murs. On recherchait des enfants, le bruit courait que des gens, surpris dans leurs champs, avaient été tués par la grêle. On se montrait des grêlons gros comme des thalers, et d'autres encore plus gros.

J'étais encore trop excité pour aller constater les dégâts survenus à ma maison et à mon jardin ; il ne me vint même pas à l'idée qu'on pouvait s'inquiéter de mon absence : il est vrai qu'il ne m'était rien arrivé. Je résolus d'aller faire un tour au lieu de continuer à trébucher au milieu des débris ; mon endroit favori m'attirait, cette vieille place des Fêtes à côté du cimetière à l'ombre duquel j'avais célébré tous les grands événements de mon enfance. Je constatais avec étonnement que quatre ou cinq heures auparavant, j'avais pris le même chemin après avoir quitté les rochers pour rentrer chez moi, il me semblait que des siècles s'étaient écoulés depuis lors.

Je repris donc la même rue, franchis le pont d'en bas et vis par le trou d'une haie apparaître, intact, notre petit clocher de grès rouge ; le gymnase aussi avait été à peu près épargné. Plus loin il y avait une vieille auberge solitaire, je la reconnus à son toit ; elle était là comme avant et pourtant semblait bizarrement changée, je n'aurais su dire pourquoi. Après quelques instants de réflexion, je me rappelais enfin les deux grands peupliers qui se dressaient devant l'auberge. Ces peupliers avaient disparu. Je contemplais ce paysage ancien et familier maintenant détruit, ces lieux aimés maintenant profanés.

Un sombre pressentiment se fit jour en moi : la crainte de découvrir des destructions plus graves d'objets plus précieux. Tout à coup, je ressentis avec une angoisse nouvelle combien j'aimais ma terre natale, combien tout mon être y était attaché, combien mon bonheur dépendait de toutes ces choses : les toits et les clochers, les ponts et les ruelles, les arbres, les jardins, les bois. Avec au cœur cette inquiétude inconnue, je courus jusqu'à la place des Fêtes. Le lieu de mes plus chers souvenirs était entièrement dévasté, effroyablement saccagé.

Les vieux châtaigniers à l'ombre desquels s'étaient déroulées nos journées de fête et dont nos bras d'enfant, que nous réunissions à trois ou quatre, parvenaient difficilement à faire le tour, les châtaigniers, renversés, éclatés, déracinés, gisaient sur le sol où béaient des trous gros comme des maisons.

Aucun d'eux n'était debout, il ne restait plus qu'un lugubre champ de bataille ; les tilleuls et les érables étaient terrassés eux aussi, tombés les uns sur les autres. Le deuxième emplacement était recouvert d'un énorme amas de décombres : branches, troncs fendus, racines et blocs de terre ; de larges souches étaient encore fixées dans le sol mais les arbres cassés, courbés et tordus laissaient voir mille éclats blancs de bois à vif.

Il n'était plus possible d'avancer ; la place et le chemin étaient encombrés de troncs et de morceaux d'arbres enchevêtrés à hauteur de maison. Là où depuis mon plus jeune âge, j'avais goûté l'ombre profonde et sacrée des arbres, le temple des hautes ramures, un ciel vide s'ouvrait à présent sur des ruines.

Il me sembla qu'on m'avait arraché aussi mes racines les plus secrètes et projeté dans une lumière implacable. J'errais des jours entiers, ne retrouvant plus aucun chemin forestier, aucun noyer à l'ombre familière, aucun des chênes où je grimpais, enfant.

Partout alentour de la ville, ce n'était que décombres, trous béants, pentes boisées fauchées comme de l'herbe, cadavres d'arbres gémissants aux racines à nu, tournées vers le soleil.

Entre mon enfance et moi, un gouffre s'était ouvert ; mon pays n'était plus celui où j'avais grandi. Le charme et la folie des années écoulées se détachèrent de moi ; peu de temps après, je quittai mon pays pour devenir un homme et affronter la vie dont les premières ombres m'avaient effleuré.

LE DEDANS ET LE DEHORS

Titre original de la nouvelle
INNEN UND AUSSEN

Traduit de l'allemand par
EDMOND BEAUJON

FRÉDÉRIC était un homme tout occupé des choses de l'esprit et dont le savoir s'étendait à de nombreux domaines. Cependant il n'attribuait pas une égale valeur à toute connaissance et à toute idée ; il était plus spécialement attaché à une certaine manière de penser tandis que les autres démarches ne lui inspiraient que mépris et aversion. L'objet de sa prédilection et de son respect était la logique, cette excellente méthode, et, d'une façon générale, tout ce qu'il appelait « science ».

« Deux fois deux font quatre, avait-il coutume de dire, c'est là une certitude pour moi, et c'est à partir de cette vérité que l'homme doit exercer son esprit. »

Certes, il n'ignorait pas qu'il existait d'autres modes de penser, mais ils n'étaient pas de la « science » et ne comptaient donc pas pour lui. Bien que libre penseur, il faisait preuve d'une certaine tolérance à l'égard de la religion. Cette attitude reposait sur un accord tacite entre les hommes de science. Depuis plusieurs siècles, leur savoir s'était emparé de presque tout ce qui existe sur la terre et qui mérite d'être étudié, à l'exclusion d'un seul objet, l'âme humaine. Abandonner ce domaine à la religion et à ses spéculations sur l'âme sans les prendre au sérieux et en les laissant suivre leur cours, tel était l'usage qui s'était établi avec le temps. Donc Frédéric se montrait tolérant à l'égard de la religion, bien que tout ce qu'il croyait être superstition lui répugnât profondément et lui parût haïssable. Il était possible que des peuplades étrangères, incultes et arriérées, se soient livrées à ces pratiques et qu'une conscience mystique ou magique ait existé dans l'antiquité la plus reculée, mais depuis qu'il existait une science et une logique, il n'y avait plus aucune raison de recourir à des instruments de travail aussi douteux et aussi démodés.

Telle était sa conviction et, lorsqu'il percevait autour de lui la moindre trace de superstition, il en éprouvait de la contrariété et se sentait comme atteint par une influence maligne.

Ce qui l'irritait le plus, c'était de rencontrer ces traces chez ses collègues, des hommes érudits pourtant, auxquels les principes de la méthode scientifique étaient familiers. Et rien ne lui était plus pénible et plus insupportable que cette opinion blasphématoire qu'il avait entendu exprimer et discuter récemment à certaines occasions chez des hommes de haute culture, cette idée absurde selon laquelle la « pensée scientifique » ne serait en aucune façon un mode de penser absolument supérieur, intemporel, éternel, prédestiné, inébranlable, mais seulement un mode parmi beaucoup d'autres, exposé au changement et au déclin, comme toute chose temporelle. Cette idée irrévérencieuse, destructrice et empoisonnante existait bel et bien. Frédéric ne pouvait le nier, elle s'imposait ici et là, elle surgissait, face à la détresse du monde en proie à la guerre, aux bouleversements et à la famine, comme un avertissement, elle se dessinait comme la sentence qu'un esprit aurait tracée d'une main spectrale sur une paroi blanche.

Plus Frédéric souffrait de sentir cette idée partout présente et de voir qu'elle le troublait profondément, plus il mettait de passion à l'attaquer, ainsi que tous ceux qu'il soupçonnait d'y adhérer secrètement. Au niveau le plus élevé de la culture, rares étaient ceux qui s'étaient prononcés ouvertement pour la nouvelle philosophie, laquelle semblait destinée, si jamais elle se répandait et gagnait en influence, à détruire toute culture intellectuelle et à ramener le chaos sur la terre. On n'en était pas encore là, et les quelques isolés qui la professaient ne constituaient, selon l'opinion admise, qu'une infime minorité d'originaux et d'individus plus ou moins loufoques. Cependant la nouvelle idée distillait son poison, jetait des lueurs tantôt ici, tantôt là. Parmi les gens du peuple et ceux qui avaient une certaine instruction, on pouvait noter l'existence d'innombrables sectes et groupes de jeunes qui professaient de nouvelles doctrines, souvent ésotériques. Le monde en était rempli, partout apparaissaient la superstition, la mystique, le culte des esprits, ainsi que d'autres forces obscures qu'il eût été nécessaire de combattre et que la science laissait néanmoins prospérer sans mot dire, comme si elle avait le sentiment inavoué de sa propre faiblesse.

Un jour, Frédéric se rendit chez l'un de ses amis avec lequel il avait entrepris déjà de nombreuses études. Pour une raison quelconque, il s'était écoulé beaucoup de temps depuis leur dernière entrevue. Pendant qu'il gravissait l'escalier de la maison, il cherchait à se rappeler où et quand ils s'étaient rencontrés pour la dernière fois. Alors que d'habitude il pouvait se vanter d'avoir une excellente mémoire, il ne parvenait pas, cette fois, à préciser son souvenir. Inconsciemment, il en éprouva une certaine contrariété, même de l'irritation et lorsqu'il se trouva devant la porte de son ami, il dut faire un violent effort pour surmonter sa mauvaise humeur.

À peine eut-il salué Erwin, son ami, qu'il fut frappé d'apercevoir sur son visage cordial un certain sourire teinté d'indulgence qu'il ne croyait pas lui avoir jamais vu. Dès qu'il eut remarqué ce sourire, où il découvrit aussitôt une nuance de raillerie et d'agressivité, si aimable qu'il fût, il se rappela instantanément la chose qu'il venait de chercher en vain dans sa mémoire, c'est-à-dire sa dernière rencontre avec Erwin, il y avait fort longtemps, un jour qu'ils s'étaient séparés certes sans s'être disputés, mais avec le sentiment d'un désaccord intime parce que, d'après lui, Erwin avait trop mollement soutenu ses efforts pour ruiner l'empire de la superstition.

Que c'était étrange ! Comment avait-il pu oublier cela ? Maintenant, il lui était clair que, s'il n'était plus allé voir son ami depuis longtemps, la cause unique en était ce désaccord, et que, pendant toute la durée de leur séparation, il avait fort bien su ce qu'il en était, même s'il s'était donné mille prétextes pour ajourner indéfiniment sa visite.

Maintenant, ils se tenaient l'un devant l'autre et Frédéric eut l'impression qu'entre-temps la légère faille qui s'était ouverte dans leur amitié avait pris des proportions inquiétantes. Il sentit en cet instant l'absence de quelque chose qui avait toujours été sensible entre eux, et qui était une atmosphère de communauté intellectuelle, de compréhension immédiate, voire d'attachement réciproque. À la place de cela, il n'y avait plus que le vide, la cassure, l'éloignement. S'étant salués, ils parlèrent de la saison, de leurs connaissances, de leur santé, et, Dieu sait pourquoi, à chacune des paroles qu'ils échangeaient, Frédéric avait le désagréable sentiment de ne pas comprendre tout à fait son ami et de n'être pas bien connu de lui, il le voyait rester indifférent à ce qu'il lui disait, si bien qu'ils ne trouvaient pas de terrain commun pour une véritable conversation. Erwin affichait toujours ce même sourire bienveillant que Frédéric n'était pas loin de prendre en horreur.

Pendant une pause de leur laborieux entretien, Frédéric jeta un coup d'œil sur le cabinet de travail qu'il connaissait de longue date, et il aperçut une feuille de papier mal épinglée à la paroi. À cette vue, il se sentit singulièrement touché et de vieux souvenirs se réveillèrent en lui, car il se souvint aussitôt qu'Erwin avait l'habitude, autrefois, lorsqu'il était étudiant, d'afficher ainsi de temps en temps telle pensée d'un philosophe ou tels vers d'un poète afin de les avoir constamment sous les yeux et présents à la mémoire. Il se leva et s'approcha de la paroi pour lire le texte de la feuille.

De sa jolie écriture, Erwin avait tracé les mots suivants: « Rien n'existe à l'extérieur, rien non plus à l'intérieur, car les choses qui nous sont extérieures sont en nous. »

Il pâlit et resta un instant immobile. La preuve était là ! Ce qu'il craignait était écrit en toutes lettres devant lui ! En d'autres temps, cette feuille l'eût laissé indifférent, il eût pris la chose du bon côté, comme une fantaisie, un de ces caprices sans conséquence que chacun peut avoir, peut-être comme le témoignage d'une sentimentalité bien excusable. Dans les circonstances présentes, cela prenait un tout autre sens. Il le voyait bien : cette pensée n'avait pas été mise en évidence dans un moment d'émotion poétique, ce n'était pas une simple lubie qui avait incité Erwin à renouer après tant d'années avec une habitude de jeunesse. Ce qu'il avouait là, sous ses yeux, révélait ses préoccupations actuelles, c'était une profession de foi mystique ! Erwin était un renégat !

Frédéric se tourna lentement vers son ami dont le sourire était redevenu plus franc.

« Explique-moi ça », dit-il sur un ton impératif.

Erwin acquiesça d'un signe de tête amical.

N'as-tu donc jamais lu cette pensée ?

– Naturellement, s'écria Frédéric, je la connais bien. C'est de la mystique, du gnosticisme. C'est peut-être poétique, mais... Enfin, veux-tu m'expliquer ce texte, et pourquoi il est affiché à ton mur.

– Volontiers, répondit Erwin. Cette maxime est une première introduction à une théorie de la connaissance que j'étudie actuellement et qui m'a déjà procuré beaucoup de joie.

Frédéric surmonta sa mauvaise humeur et demanda :

– Une nouvelle théorie de la connaissance ? Laquelle ? Et comment s'appelle-t-elle ?

– Oh ! dit Erwin, elle est nouvelle seulement pour moi. Elle est déjà fort ancienne et vénérable. On l'appelle magie.

Le mot était lâché. Profondément surpris et effrayé par un aveu aussi franc, Frédéric eut un frisson d'horreur à l'idée qu'il se trouvait face à face avec l'ennemi héréditaire, incarné dans la personne de son ami. Il demeura silencieux, ne sachant pas s'il allait pleurer ou se mettre en colère, et le sentiment d'avoir fait une perte irréparable le remplissait d'amertume. Son silence se prolongeait. Puis il commença, sur un ton de feinte plaisanterie :

– Tu as donc l'intention de devenir un mage ?

– Oui, répondit Erwin sans hésiter.

– Une espèce d'apprenti sorcier, n'est-ce pas ?

– Exactement.

Frédéric se tut à nouveau. Le silence était si profond qu'on entendait le tic-tac d'une pendule dans la chambre voisine. Il reprit :

– Sais-tu bien que, par cette décision, tu sacrifies toute espèce de lien avec la vraie science et du même coup avec moi ?

– J'espère que non, répondit Erwin. Cependant, si cela devait arriver, qu'est-ce qui me resterait à faire ?

Frédéric éclata :

– Ce qui te reste à faire ? Renoncer à cet amusement, rompre avec cette triste et indigne croyance en la magie, rompre une fois pour toutes ! Voilà ce qui te reste à faire, si tu veux conserver mon estime.

Erwin eut un léger sourire, mais il avait perdu sa sérénité.

– Tu sembles croire, dit-il si doucement que la voix irritée de Frédéric semblait encore résonner dans la chambre pendant qu'Erwin parlait à voix basse, tu sembles croire que cela dépend de ma volonté, comme si j'avais le choix. Non, Frédéric, il n'en est rien. Je n'ai pas le choix. Ce n'est pas moi, c'est la magie qui a décidé. C'est elle qui m'a choisi.

Frédéric soupira profondément.

– Eh bien, adieu ! dit-il avec peine et il se leva, sans tendre la main à son ami.

– Non, non, s'écria Erwin, tu ne vas pas me quitter comme ça ! Imagine que l'un de nous soit en train de mourir – c'est justement le cas ! – et que nous devions prendre congé l'un de l'autre.

– Et qui est le mourant, Erwin ?

– Aujourd'hui, c'est moi, mon cher. Qui veut renaître doit se préparer à mourir.

Une fois encore, Frédéric se dirigea vers la feuille épinglée au mur et relut l'aphorisme qui évoquait l'identité du monde extérieur et du monde intérieur.

– C'est bon, dit-il enfin. Tu as raison, inutile de nous mettre en colère avant de nous séparer. Je ferai comme tu dis, j'admets ta supposition que l'un de nous soit mourant. Ce pourrait être moi, après tout. Avant de te quitter, je t'adresserai une dernière prière.

– Voilà qui me fait plaisir, dit Erwin. Quel témoignage d'amitié pourrais-je bien te donner ?

– Je reviens à ma première question, qui est en même temps ma prière. Explique-moi cette maxime, aussi clairement que tu le pourras.

Erwin réfléchit un instant et dit :

– Rien n'est à l'extérieur, rien non plus à l'intérieur. Le sens religieux de ceci t'est connu : Dieu est partout. Il est dans l'esprit, il est également dans la nature. Tout est divin, parce que Dieu est le Tout. Jadis, on appelait cela panthéisme. Et voici le sens philosophique : la séparation entre le monde extérieur et le monde intérieur est une habitude de notre pensée, non une nécessité qui s'impose à elle. Notre esprit a la possibilité de franchir les frontières que nous lui avons tracées et de nous transporter sur un plan qui les dépasse. Par-delà les réalités formulées en deux termes contraires et dont les couples constituent le monde habituel, commence un nouvel ordre de connaissance, un ordre tout différent. Je dois te l'avouer, cher ami : depuis que mon point de vue a changé, il n'existe plus pour moi aucun mot ni aucune maxime qui n'aient qu'un seul sens, mais chaque mot en possède une dizaine ou une centaine. C'est ici justement que commence ce que tu crains : la magie.

Frédéric fronça les sourcils et voulut l'interrompre, mais Erwin l'apaisa d'un regard et poursuivit en élevant la voix : « Permets-moi de te donner quelque chose qui te servira d'exemple. Prends n'importe quel objet dans ma chambre et observe-le de temps à autre un moment, et bientôt ce fameux aphorisme te révélera l'un de ses multiples sens. »

Il jeta un coup d'œil autour de lui, saisit sur la corniche murale une petite figure d'argile recouverte d'un émail translucide et la donna à Frédéric en ajoutant : « Accepte ce cadeau d'adieu. Quand cet objet que je remets entre tes mains aura cessé d'être extérieur à toi et sera passé en toi, reviens me voir ! S'il devait demeurer toujours en dehors de toi, comme il l'est maintenant, alors ce serait aussi pour toujours que nous aurions pris congé l'un de l'autre. »

Frédéric avait encore beaucoup de choses à lui dire, mais Erwin lui tendit la main, serra la sienne et lui souhaita bonne chance, d'un air qui mettait un point final à la conversation.

Frédéric s'en alla, descendit l'escalier (n'y avait-il pas un siècle qu'il l'avait gravi ?), se trouva dans la rue et rentra à la maison, la statuette d'argile à la main, désemparé et franchement malheureux. Il s'arrêta devant chez lui, brandit un instant avec colère le poing qui tenait la figurine et éprouva une forte envie de fracasser sur le sol cet objet ridicule. Il y renonça, se mordit les lèvres et regagna son logis. Jamais encore il ne s'était senti si nerveux, si tourmenté d'impressions contradictoires.

Il chercha une place pour le cadeau de son ami et posa la statuette sur le rayon supérieur d'une étagère à livres. Elle devait y rester provisoirement.

Plusieurs fois au cours de la journée, il la regardait, s'interrogeait longuement sur son origine, se creusait la tête pour savoir quel sens devait prendre à ses yeux cette absurde chose. La figurine représentait un être humain, à moins que ce ne fût un dieu, ou une idole à deux faces, comme le dieu romain Janus. L'argile en était assez grossièrement travaillée et elle était enrobée dans un glacis passé au four et légèrement craquelé. La petite image semblait rudimentaire et de peu de valeur ; elle ne provenait certainement pas des ateliers grecs ou romains, mais de quelque peuplade primitive habitant l'Afrique ou les îles des mers du Sud. Sur chacune des deux faces exactement pareilles se dessinait un sourire vague et indolent qui ricanait un peu. C'était vraiment abominable de voir ce petit lutin prodiguer indéfiniment ce sourire idiot.

Frédéric ne pouvait s'habituer à cette figurine. Elle lui était profondément contraire et désagréable, elle arrêtait le cours de ses pensées, elle le dérangeait dans sa vie. Le jour suivant déjà, il la retira de l'étagère et la plaça sur le poêle, puis, un autre jour, il la mit sur une armoire. Où qu'elle fût, elle attirait son regard comme si elle se poussait en avant ; elle lui souriait d'un air froid et morne, se donnait de l'importance, réclamait son attention. Deux ou trois semaines plus tard, il la relégua dans le vestibule, entre des photographies rapportées d'Italie et de petits souvenirs sans valeur qu'il avait disposés ici et là, et que personne ne regardait jamais. Dès lors, il était du moins assuré de n'apercevoir l'idole qu'au moment de sortir et de rentrer et il passait rapidement devant elle, sans jamais la regarder de plus près. Même à cette place, l'objet le troublait encore sans qu'il se l'avouât.

La contrariété et le tourment avaient pénétré dans sa vie en même temps que ce morceau d'argile, cet avorton à deux faces.

Quelques mois plus tard, un jour qu'il revenait d'un court voyage (il s'échappait ainsi de temps en temps comme s'il était traqué par quelque chose), il entra dans son appartement, traversa le vestibule, fut accueilli par la bonne et lut les lettres arrivées pendant son absence. Cependant, il était anxieux, préoccupé, comme s'il avait oublié de faire une démarche importante ; la lecture ne lui disait rien ; il ne trouvait aucun siège à sa convenance. Il s'interrogea, s'efforçant de se rappeler comment ce malaise avait tout à coup pu se produire. Avait-il négligé quelque chose d'essentiel ? Eu quelque ennui ? Mangé quelque chose d'indigeste ? Comme il cherchait le mot de l'énigme, il s'avisa que le sentiment de malaise l'avait saisi au moment de pénétrer chez lui, dans le vestibule. Il y alla, et, involontairement, chercha du regard la figurine.

Un étrange frisson lui courut sur la peau lorsqu'il vit que l'idole n'était plus là. Elle avait disparu. Sa place était vide. Avait-elle pris la fuite sur ses petits pieds d'argile ? S'était-elle envolée ? Une puissance magique l'avait-elle rappelée au pays d'où elle était venue ?

Frédéric se ressaisit, se moqua de lui-même, secoua la tête, se reprochant l'angoisse qu'il avait ressentie. Calmé, il entreprit des recherches à travers toute la pièce. N'ayant rien trouvé, il appela la bonne. Elle vint, ne put cacher son embarras, et avoua très vite que l'objet lui avait échappé des mains pendant qu'elle rangeait la chambre.

« Où l'avez-vous mis ? »

Il n'était plus là. Cela semblait si solide, ce bibelot,

elle l'avait eu bien souvent dans les mains, et pourtant il s'était brisé en tout petits morceaux. Impossible de le réparer. Elle avait montré les débris au vitrier qui s'était moqué d'elle, si bien qu'elle les avait jetés.

Frédéric renvoya la bonne. Il souriait. Pardieu, ce n'était pas lui qui se plaindrait de l'incident et qui regretterait l'idole ! Enfin, le petit monstre était parti pour de bon, enfin il aurait la paix. Si seulement il l'avait mis en pièces dès le premier jour ! Ce qu'il avait pu souffrir, tout le temps qu'il était là ! Et qu'il était donc ambigu, étrange, sournois, mauvais, le sourire de cette idole diabolique ! Maintenant qu'elle avait disparu, il pouvait avouer qu'il en avait eu peur, réellement et sincèrement peur. Ce dieu n'était-il pas le symbole et le signe de tout ce que lui, Frédéric, avait en aversion et qu'il ne pouvait supporter, de tout ce qu'il avait dénoncé depuis longtemps comme pernicieux, hostile et condamnable, de toutes les superstitions, de toutes les ténèbres et les puissances qui entravent la conscience et l'esprit ? Ne représentait-il pas cette force inquiétante dont on percevait parfois l'action souterraine, ce lointain tremblement de terre, cette approche du déclin de la culture, cette menace d'un chaos sorti des profondeurs ? L'infâme idole ne lui avait-elle pas volé son meilleur ami, et non seulement volé, mais transformé en ennemi ? Elle avait quitté les lieux, maintenant. Elle était en miettes. C'était terminé. Tout allait bien, beaucoup mieux que s'il l'avait brisée lui-même.

C'est du moins ce qu'il pensa, puis il retourna à ses occupations habituelles.

C'était une vraie malédiction. Maintenant, il commençait à souffrir de ne plus trouver cette idiote de statuette à la place où il s'était en quelque sorte accoutumé à la voir, où sa présence sur la table du vestibule lui était devenue peu à peu familière et indifférente. Oui, elle lui manquait. Chaque fois qu'il passait par cette pièce, il ne remarquait plus rien d'autre que l'espace vide à l'endroit où il l'avait placée précédemment, et ce vide finissait par remplir toute la chambre, en y faisant régner une atmosphère d'étrangeté et de torpeur.

Une suite de mauvais jours et de mauvaises nuits commença pour Frédéric. Il ne pouvait plus traverser le vestibule sans se rappeler l'idole à deux faces, sans ressentir sa perte, sans constater que toutes ses pensées se rattachaient à elle. Cela devenait une obsession torturante. Et ce n'était pas seulement lorsqu'il passait par l'antichambre que cette obsession le possédait, loin de là ! Elle envahissait toute sa conscience, elle y rayonnait de la même façon que le vide et la désolation émanaient de la table désertée par l'idole, elle chassait peu à peu toute autre pensée et créait là aussi une impression de vide et d'éloignement.

Il consacrait sans cesse de nouveaux efforts à se représenter la figurine aussi clairement que possible, ne fût-ce que pour se prouver à lui-même à quel degré de folie il fallait être arrivé pour s'affliger de sa perte. Il l'imaginait présente dans toute sa hideur et sa barbarie, avec son sourire inexpressif ou rusé, son double visage, et dans sa haine, comme malgré lui, il lui arrivait de chercher à imiter, en tordant la bouche, le sourire de l'idole. Une question l'obsédait : les deux faces étaient-elles réellement identiques ? L'une des deux n'avait-elle pas une expression un peu différente, peut-être à cause d'une légère rugosité ou d'une fêlure dans la surface du glacis ? Quelque chose d'interrogatif ? Quelque chose qui rappelait le Sphinx ? Et la couleur de ce glacis n'était-elle pas inquiétante, ou du moins bizarre ? Il y avait là-dedans du vert, du bleu, du gris et aussi du rouge. Il retrouvait maintenant ce même coloris sur d'autres objets, une vitre frappée par le soleil, ou le pavé humide des rues avec ses reflets irisés.

Il pensait et repensait à ce glacis, même la nuit. Il fut également frappé par le caractère insolite, peu familier, presque agressif du mot *glacis*. Il le découpa, en disjoignit rageusement les syllabes ; une fois même, il le retourna. Cela donnait : *sicalg*. Où diable ce dernier mot avait-il pris une pareille résonance ? Il connaissait ce mot *sicalg*, bien sûr, il le connaissait ; c'était précisément un mot dangereux, néfaste, pleins de hideux et grossiers sous-entendus. Il se tourmenta longuement à ce propos et finit par découvrir que *sicalg* lui rappelait un livre qu'il avait acheté et lu autrefois pendant un voyage et qui l'avait horrifié, mis au supplice et pourtant secrètement fasciné. Il s'intitulait : *La Princesse Sikalka*. C'était comme une malédiction : tout ce qui pouvait se rapporter de quelque manière à la figurine, à son glacis, à sa couleur bleue ou verte, à son sourire, tout cela signifiait hostilité, aiguillon dans la chair, torture et poison ! Et son ancien ami Erwin ne lui avait-il pas souri d'une façon vraiment étrange lorsqu'il lui avait donné cette idole ? Oui, tout à fait étrange, hautement significative, franchement malveillante !

Frédéric se défendit énergiquement, non sans succès pendant plusieurs jours, contre la tyrannie de ses pensées. Il voyait clairement le danger et il ne voulait pas devenir fou. Non, plutôt mourir ! On ne pouvait pas se passer de la raison. On pouvait se passer de la vie. Il lui vint à l'idée que toute cette affaire relevait peut-être de la magie, qu'Erwin l'avait enchanté d'une manière ou d'une autre par l'intermédiaire de cette figurine et qu'il était la victime désignée, qu'il allait succomber en défenseur de la raison et de la science pour avoir engagé la lutte contre les puissances des ténèbres. Mais, s'il en était ainsi, et qu'il pût seulement concevoir une telle éventualité, cela signifiait que la magie existait, que les enchantements n'étaient pas un vain mot ! Ah ! non, plutôt la mort !

Un médecin lui prescrivit la promenade et l'hydrothérapie. Le soir, il cherchait aussi à se distraire en allant à l'auberge. Le résultat fut peu satisfaisant. Il maudissait Erwin et se maudissait lui-même.

Une nuit, il était étendu dans son lit après s'être couché de bonne heure selon l'habitude qu'il avait prise à ce moment-là et s'était réveillé plein d'angoisse, sans pouvoir retrouver le sommeil. Il éprouvait un sentiment de malaise et d'anxiété extrêmes. Il s'efforçait de réfléchir, de trouver un réconfort, il voulait s'adresser à lui-même quelque parole encourageante, capable de le rassurer, de le consoler et qui aurait la sereine clarté de la proposition: « Deux fois deux font quatre. » Rien ne lui venait à l'esprit. Dans un état légèrement délirant, il se mit à bégayer une suite de sons inarticulés et de syllabes; des mots se formaient peu à peu sur ses lèvres et il prononça à plusieurs reprises, sans y trouver aucun sens, la même petite phrase qui venait de se former en lui pour une raison inconnue. Il balbutiait indéfiniment cette phrase, comme s'il voulait, grâce à elle, endormir son angoisse et comme s'il voyait en elle un appui où se tenir pour retrouver à tâtons le sommeil au bout du chemin terriblement étroit que bordait un abîme.

Tout à coup, comme il parlait un peu plus fort, les paroles qu'il marmonnait firent irruption dans sa conscience. Elles lui étaient connues et disaient: « Voilà, maintenant tu existes à l'intérieur de moi-même ! » En un éclair, il comprit tout. Il savait ce que cela voulait dire, qu'il s'agissait du dieu d'argile et qu'à cette heure grise de la nuit il avait exactement et ponctuellement accompli la prédiction qu'Erwin lui avait faite en ce jour néfaste où il lui avait remis la statuette. À ce moment-là, il l'avait tenue entre ses mains comme une chose méprisable, et maintenant il savait qu'elle n'était plus un objet extérieur à lui, mais qu'elle était passée en lui-même, car « ce qui se trouve au-dehors est en dedans ».

Il s'élança hors de son lit et se sentit traversé par un courant de glace et de feu. Le monde tournait autour de lui, les planètes en folie le regardaient fixement. Il saisit en hâte ses vêtements, fit de la lumière, abandonna tout pour se précipiter en pleine nuit chez Erwin. Il vit la lampe allumée derrière la fenêtre bien connue du cabinet de travail ; la porte de la maison n'était pas verrouillée, tout semblait l'attendre. Il monta en hâte l'escalier. Se soutenant à peine, il entra dans le cabinet de travail, appuya ses mains tremblantes sur la table. Erwin était assis, le visage méditatif et souriant, près de la lampe qui répandait une douce clarté.

Il se leva pour accueillir son ami.

– Te voilà donc, c'est bien.

– Tu m'attendais ? murmura Frédéric.

– Je t'ai attendu, comme tu le sais, depuis le moment où tu es sorti de cette chambre en emportant le petit cadeau que je t'avais offert. Les choses se sont-elles passées comme je te l'avais dit ?

– Exactement, répondit à voix basse Frédéric. L'idole a maintenant pénétré en moi. Je ne puis supporter cela plus longtemps.

– Puis-je t'aider ? demanda Erwin.

– Je n'en sais rien. Fais comme tu voudras. Je voudrais que tu m'en dises davantage sur ta magie. Dis-moi, veux-tu, par quel moyen l'idole pourra ressortir de moi-même.

Erwin posa la main sur l'épaule de son ami et le conduisit vers un fauteuil où il l'installa. Puis, souriant, il adressa à Frédéric ces paroles affectueuses, d'une voix presque maternelle :

– L'idole sortira de toi. Fais-moi confiance. Aie confiance en toi-même. Tu as appris à croire en elle. Maintenant, apprends à l'aimer ! Elle habite ton être intime, mais elle y est encore sans vie, elle n'est qu'un fantôme pour toi. Réveille-la, parle-lui, interroge-la ! Elle n'est autre que toi-même ! Cesse donc de la haïr, n'en aie pas peur, renonce à la tourmenter… Ah ! comme tu l'as traitée durement, cette pauvre idole, elle qui pourtant était toi-même ! Et quels supplices ne t'es-tu pas infligés à cause d'elle !

– Est-ce là le chemin qui conduit à la magie ? demanda Frédéric. Dans le fauteuil où il s'était effondré, il semblait vieilli et sa voix s'était adoucie.

Erwin reprit :

– Oui, c'est le chemin de la magie, et il se peut que tu aies déjà franchi le pas le plus difficile dans cette voie. L'expérience que tu as vécue est celle-ci : le monde extérieur peut devenir le monde intérieur. Tu es allé au-delà de l'opposition entre deux termes contraires, et c'était l'enfer pour toi. Sache, mon ami, que cet enfer est le ciel ! Car c'est bien le ciel qui s'ouvre devant toi. La magie, vois-tu, consiste à pouvoir échanger l'un contre l'autre le monde extérieur et le monde intérieur, non pas sous le coup de la contrainte ou de la souffrance, comme tu l'as fait, mais librement, volontairement. Évoque le passé, évoque l'avenir : tous les deux sont en toi ! Jusqu'à maintenant tu as été l'esclave de tes pensées. Apprends à en devenir le maître. C'est ça, la magie.

L'OISEAU DE MONTAGSDORF

Titre original de la nouvelle
VOGEL

Traduit de l'allemand par
EDMOND BEAUJON

En ce temps-là, l'Oiseau vivait dans la région de Montagsdorf. Son plumage n'était pas spécialement coloré ni son chant particulièrement mélodieux ; il n'était pas de grande taille, ni de belle prestance ; non, ceux qui l'ont encore vu le disent petit, voire chétif. Il n'était pas beau à proprement parler, mais plutôt bizarre, insolite, enfin il émanait de lui cette étrangeté, cette noblesse innée qu'on retrouve chez tout animal, toute créature qui n'appartient à aucune race ni à aucune espèce bien définie. Il n'avait rien de l'autour ou de la poule, on ne pouvait pas non plus le comparer au pic, à la mésange, ni au pinson ; il était l'« Oiseau de Montagsdorf », sans pareil nulle part au monde, unique en son genre. De mémoire d'homme et de tout temps, on avait connu l'Oiseau, et si les gens de Montagsdorf étaient seuls à l'avoir vu jadis, toute la contrée en avait entendu parler, et les habitants du village furent en butte, à cause de lui, aux railleries de leurs voisins comme tous ceux qui possèdent en propre quelque chose d'extraordinaire. On disait : « Les gens de Montagsdorf ont naturellement leur Oiseau. » Il était bien connu depuis Morbio jusqu'à Careno, et bien au-delà, on racontait toutes sortes d'histoires à son sujet ; mais il en va souvent ainsi : c'est seulement depuis peu, c'est-à-dire depuis sa disparition, qu'on a cherché à rassembler sur son compte les informations les plus exactes et les plus dignes de foi ;

beaucoup d'étrangers s'étaient intéressés à lui, et, pour obtenir des renseignements, n'avaient pas hésité à régaler plus d'un habitant du village, lequel, pressé de questions, finissait généralement par avouer n'avoir jamais vu l'Oiseau de ses propres yeux. Mais, si personne ne l'avait vu, du moins chacun connaissait-il quelqu'un qui l'avait aperçu une ou plusieurs fois et qui lui avait raconté ce qu'il savait. Tout cela avait été dûment examiné, consigné, et il est curieux de constater à quel point ces informations différaient les unes des autres, aussi bien en ce qui concernait l'apparence extérieure, le cri, la façon de voler de l'Oiseau que ses habitudes et les particularités de son commerce avec les hommes.

En ce temps-là, on avait dû voir l'Oiseau beaucoup plus fréquemment que par la suite, et celui qui le rencontrait en ressentait toujours de la joie. C'était chaque fois un événement, une bonne fortune, une petite aventure, comme il en arrive aux amis de la nature lorsque, de loin en loin, ils rencontrent un renard ou aperçoivent un coucou et qu'ils ont la chance de pouvoir les observer. Alors, pendant un court instant, tout se passe comme si l'animal n'avait plus peur de l'homme, son meurtrier, ou bien comme si l'homme lui-même se sentait replongé dans l'innocence d'une vie préhistorique. Il y avait des gens qui faisaient peu de cas de l'Oiseau, comme il y a des gens qui attachent très peu d'importance à la découverte d'une première gentiane, ou à la rencontre d'un brave vieux serpent; d'autres l'aimaient véritablement, et pour ceux-là, se trouver en face de l'Oiseau était une source de joie et un honneur. Quelquefois, mais beaucoup plus rarement, on entendait dire que ces rencontres étaient plutôt malsaines, ou du moins inquiétantes; pendant une assez longue période, celui qui avait vu l'Oiseau se sentait agité, faisait beaucoup de rêves angoissés et éprouvait quelque chose comme un malaise ou une nostalgie de l'âme. D'autres contestaient tout cela et prétendaient qu'après chaque rencontre, l'Oiseau leur laissait le sentiment le plus noble et le plus exquis, qu'on se sentait alors le cœur tout saisi, comme si l'on avait reçu les sacrements, ou entendu un chant magnifique, de sorte que vos pensées se tournaient vers tout ce qui est beau et exemplaire et vous engageaient à devenir un autre homme.

Un certain Schalaster, cousin du fameux Sehuster qui fut pendant des années bourgmestre de Montagsdorf s'était toute sa vie occupé de l'Oiseau. Chaque année, racontait-il, il le rencontrait de temps en temps, et chaque fois, il se sentait alors et pour des journées entières d'humeur étrange, pas vraiment joyeux, mais ému d'une façon toute particulière qui le remplissait de vagues espérances et de pressentiments ; il ajoutait que ces jours-là, le cœur vous battait autrement que d'habitude, il vous faisait presque un peu mal ; en tout cas, on le sentait dans sa poitrine, alors que d'ordinaire, on sait à peine que l'on possède un cœur. En somme, disait Schalaster lorsqu'il abordait ce sujet, ce n'était pas une petite affaire que d'avoir cet Oiseau dans son voisinage, on devait en être fier, car c'était une grande curiosité, et il n'était pas loin de penser qu'un homme auquel ce mystérieux Oiseau se montrait plus souvent qu'aux autres devait à coup sûr se distinguer par l'élévation de sa pensée.

(Au sujet de Schalaster, les lecteurs hautement cultivés noteront ceci : il fut le témoin de la couronne et la source principale et maintes fois citée de cette interprétation eschatologique du phénomène Oiseau laquelle, entre-temps, est déjà retombée dans l'oubli ; de plus, après la disparition de l'Oiseau, Schalaster fut le porte-parole de ce petit groupe d'habitants de Montagsdorf qui croyaient absolument à la survie et au retour de l'Oiseau.)

« Lorsque je le vis pour la première fois, rapporte Schalaster [1], j'étais un petit garçon et je n'allais pas encore à l'école. Dans le verger, derrière la maison, l'herbe venait d'être coupée et je me trouvais sous un cerisier dont l'une des basses branches arrivait à ma hauteur et me montrait ses cerises vertes et dures, lorsque l'Oiseau plongea tout à coup du sommet de l'arbre jusqu'à terre et je remarquai aussitôt qu'il était différent de tous ceux que j'avais vus auparavant ; il s'était posé dans l'herbe fauchée et sautillait de-ci, de-là ; je le suivis, plein d'étonnement et de curiosité à travers le jardin, il me regarda à plusieurs reprises de ses petits yeux brillants, puis sautilla de nouveau plus loin ; il était comme quelqu'un qui danse et chante pour lui tout seul et je voyais très bien qu'il voulait me séduire par son manège et essayait de me faire plaisir. Il avait quelque chose de blanc au cou. Il sautilla sur le pré jusqu'à la palissade au bas du jardin à l'endroit où poussent les orties, s'envola et se posa sur un pieu de la barrière, gazouilla en me regardant encore une fois familièrement, puis disparut si subitement et d'une manière si imprévue que j'en fus tout effrayé. Par la suite, j'ai bien souvent remarqué qu'aucun animal autre que l'Oiseau n'était capable, toujours à l'instant où l'on s'y attendait le moins, d'apparaître et de disparaître avec la rapidité de l'éclair. Je courus à la maison raconter à ma mère ce qui m'était arrivé ; elle me dit aussitôt que c'était l'Oiseau sans nom, que c'était très bien de l'avoir vu, que cela portait bonheur. »

Schalaster – et ici il s'écarte de la plupart des autres relations – signale que l'Oiseau était petit, à peine plus grand qu'un roitelet, avec une tête minuscule, une étonnante petite tête intelligente et mobile. Il n'avait l'air de rien, mais on le reconnaissait tout de suite à sa huppe

1. Voir : Avis montagnolens. *Res gestae ex recens.* Ninonis, p. 285 et sq.

d'un gris doré et aussi au fait qu'il vous regardait attentivement, ce que ne font jamais les autres oiseaux. Sa huppe était semblable à celle du geai, quoique bien plus petite, elle se dressait et se rabattait d'un mouvement vif et rapide, bref, c'était un oiseau extrêmement remuant et, aussi bien en vol qu'à terre, ses mouvements étaient déliés et très expressifs. Sa manière de regarder, de hocher la tête, de dresser sa huppe, son allure et ses battements d'ailes, tout en lui faisait penser qu'il avait quelque chose à vous dire, à vous rappeler, qu'il était chargé d'un message, et même si on le voyait souvent, on pensait encore à lui longtemps après l'avoir vu et l'on se demandait ce qu'il était venu faire et ce qu'il voulait dire. Il ne se laissait pas volontiers épier ou observer, et on ne savait jamais non plus d'où il allait venir, il était là tout à coup, se posait près de vous et faisait comme s'il avait toujours été là, et c'est alors qu'il vous lançait son clin d'œil amical. On sait bien que, d'ordinaire, les oiseaux ont des yeux inexpressifs, effarouchés, un peu vitreux et ne vous regardent pas vraiment, mais celui-là vous fixait gentiment et presque avec bienveillance.

De tout temps on a répandu des légendes et des rumeurs de toute espèce concernant l'Oiseau. Aujourd'hui, il est bien rare qu'on entende parler de lui, car les gens ont changé, la vie est devenue plus difficile, les jeunes vont presque tous travailler en ville, les familles ne s'asseyent plus sur le perron, les soirs d'été, ne se réunissent plus autour du foyer en hiver, on ne trouve plus de temps pour ces choses-là, et c'est tout juste si un jeune homme connaît aujourd'hui le nom d'une fleur des bois ou celui d'un papillon. Cependant, il arrive encore de nos jours d'entendre une vieille femme ou un grand-père raconter aux enfants des histoires de l'Oiseau. Une de ces légendes, peut-être la plus ancienne, raconte que l'Oiseau de Montagsdorf serait aussi vieux que le monde, qu'il aurait assisté au meurtre d'Abel par son frère Caïn, qu'il aurait bu une goutte du sang d'Abel, puis se serait envolé, porteur de la nouvelle, pour délivrer ce message à tous, afin qu'on n'oublie pas cette histoire qui devait exhorter l'humanité à tenir la vie humaine pour sacrée et à vivre dans la fraternité. Cette légende a bien été consignée à une époque très ancienne, et il existe même des chants sur ce thème, mais les savants disent que si l'oiseau d'Abel est en effet une très vieille légende, racontée dans de nombreux pays et traduite en de nombreuses langues, c'est néanmoins par erreur qu'elle a été rattachée à l'histoire de l'Oiseau de Montagsdorf. Ils font observer que ce serait absurde de croire que l'oiseau d'Abel, après une existence plusieurs fois millénaire, se serait posé finalement dans cette seule région et ne se serait plus montré nulle part ailleurs.

À la vérité, nous pourrions de notre côté « faire observer » qu'il n'est pas nécessaire de se montrer toujours aussi raisonnable qu'une académie en matière de légende, et nous pourrions nous demander si ce ne sont pas les savants eux-mêmes qui ont introduit le doute et la contradiction dans la question de l'Oiseau ; car, jusque-là et pour autant que nous le sachions, aucun désaccord n'avait surgi à ce propos ; lorsque quelqu'un racontait une histoire différente de celle de son voisin, on gardait son sang-froid et l'on pensait que c'était tout à l'honneur de l'Oiseau si les hommes pouvaient penser et dire à son sujet tant de choses différentes. On pourrait aller plus loin et reprocher aux savants d'avoir non seulement sur la conscience la destruction de l'Oiseau, mais encore de s'être efforcés, au cours de leurs recherches, de dissoudre par l'analyse, jusqu'à ce qu'il n'en reste rien, son souvenir et ses légendes, selon le procédé habituel de la science. Mais lequel d'entre nous aurait le triste courage d'attaquer aussi grossièrement les savants, auxquels la science doit tellement, pour ne pas dire tout ?

Mais revenons plutôt à la légende telle qu'elle fut racontée jadis et dont les traces subsistent aujourd'hui encore parmi les gens du peuple. La plupart d'entre eux tiennent l'Oiseau pour un être enchanté, métamorphosé ou maudit. C'est sous l'influence des pèlerins de l'Orient, dans l'histoire desquels la région comprise entre Montagsdorf et Morbio joue un certain rôle et dont on retrouve les traces à chaque pas, que la légende suivante dut prendre corps: l'Oiseau aurait été un Hohenstaufen ensorcelé, à savoir le dernier grand empereur et mage de cette famille qui régnait en Sicile et qui aurait accédé aux secrets de la sagesse arabe. Ce qu'on entendait dire le plus souvent, c'est que l'Oiseau aurait été autrefois un prince ou un magicien (ce que Sehuster, par exemple, avait entendu dire), lequel habitait alors une maison rouge sur la colline des serpents et jouissait de la considération générale jusqu'au moment où la législation des Flachsenfingen fut introduite dans la contrée, ce qui amena beaucoup de misère, car la pratique de la magie, de l'incantation et de la métamorphose, ainsi que d'autres métiers analogues, fut interdite et frappée d'infamie. À cette époque, le magicien, après avoir semé autour de sa maison des mûres et des acacias qui ne tardèrent pas à se couvrir de ronces, avait abandonné son bien-fonds et, escorté par une longue file de serpents, avait disparu dans les bois. Il réapparaissait de temps à autre sous la forme de l'Oiseau pour séduire les âmes et exercer sa magie; naturellement, l'influence singulière qu'il avait sur bien des gens n'était rien d'autre que de la magie, mais le conteur s'abstenait de préciser s'il s'agissait de magie blanche ou de magie noire.

Quoi qu'il en soit, c'est aux pèlerins de l'Orient qu'il faut rapporter sans aucun doute ces curieux fragments de légendes datant d'une époque de culture matriarcale et dans lesquels apparaît l'« Étrangère », appelée aussi

Ninon. Plusieurs de ces fables racontent que cette étrangère avait réussi à attraper l'Oiseau et l'avait retenu prisonnier pendant des années, jusqu'au jour où le village se souleva et lui redonna la liberté. Mais le bruit court aussi que l'« Étrangère » l'avait connu sous les traits d'un magicien bien avant qu'il eût pris la forme d'un oiseau et qu'elle avait habité avec lui la maison rouge ; elle aurait élevé là de longs serpents noirs et des lézards verts à tête de paon, et il est de fait qu'aujourd'hui encore, la colline aux mûres sauvages qui domine Montagsdorf est pleine de serpents, et qu'on peut voir distinctement, lorsqu'ils passent devant le seuil de ce qui fut autrefois l'antre magique de l'enchanteur, chaque serpent et chaque lézard s'arrêter un instant, relever la tête, puis s'incliner profondément.

Une femme du village, morte presque centenaire, doit avoir jadis raconté cette version de la légende et juré qu'en cherchant maintes et maintes fois des herbes sur cette colline, elle avait vu se prosterner des couleuvres à l'endroit même où, de nos jours, un rosier sauvage poussé sur une vieille souche indique l'entrée du chemin qui menait autrefois à la maison de l'enchanteur. D'autres contestent absolument cette interprétation ; ils certifient que Ninon n'avait jamais rien eu à faire avec le magicien et qu'elle serait arrivée beaucoup plus tard dans cette contrée, avec ceux qui accompagnaient les pèlerins de l'Orient, à une époque où l'Oiseau existait depuis longtemps.

Le temps d'une génération ne s'est pas encore entièrement écoulé depuis qu'il a été aperçu pour la dernière fois. Mais les vieilles personnes disparaissent sans qu'on s'y attende, le « Baron » est mort également et il y a longtemps que le joyeux Mario ne marche plus aussi droit que lorsque nous l'avons connu ; le jour viendra où plus personne ne pourra se dire le contemporain de l'Oiseau, c'est pourquoi nous désirons, si confuse qu'elle apparaisse, consigner son histoire, dire ce qui lui advint et raconter comment tout cela se termina.

Certes le village de Montagsdorf est situé plutôt à l'écart des grandes voies de communication, aussi les calmes petits vallons de cette contrée, les bois où règne le milan et où retentit l'appel du coucou ne sont-ils pas très connus ; c'est là pourtant que l'Oiseau s'est montré le plus souvent, même à des étrangers, et qu'ils se sont familiarisés avec sa légende ; le peintre Klingsor doit avoir habité longtemps un palais en ruine à cet endroit, et la gorge de Morbio devint fameuse grâce au pèlerin de l'Orient Léo (c'est à lui d'ailleurs que Ninon, d'après une version plutôt absurde de la légende, devait la recette du pain d'évêque avec lequel elle nourrissait et apprivoisait l'Oiseau). Bref, après avoir été pendant des siècles parfaitement inconnue et sans reproche, notre contrée a fait parler d'elle dans le monde entier, et même dans des capitales très éloignées, des universitaires rédigèrent des dissertations sur l'itinéraire de Léo jusqu'à Morbio et s'intéressèrent vivement aux différents récits concernant l'Oiseau de Montagsdorf. Une étude plus sérieuse des légendes s'efforce d'éliminer une bonne partie des interprétations hâtives auxquelles on s'était livré à ce sujet, entre autres, l'affirmation absurde et souvent répétée que l'Oiseau serait identique au fameux oiseau de Pictor qui aurait été en relation avec le peintre Klingsor, et aurait possédé le don de métamorphose ainsi que de nombreuses connaissances secrètes. Pourtant, cet « oiseau rouge et vert, ce bel oiseau hardi », devenu célèbre grâce à Pictor est si exactement décrit dans les sources [1] qu'une telle confusion est à peine concevable.

Enfin, l'intérêt que les savants nous témoignaient, à

1. *Pictoris cuiusdam de mutationibus*, Bibl. av. Montagn. Codex LXI.

nous autres habitants de Montagsdorf et à notre Oiseau, cet intérêt atteignit son point culminant au moment même où cette histoire allait se dénouer, et cela de la façon suivante : une lettre de ses supérieurs arriva un jour chez le bourgmestre alors en fonction, le susmentionné Sehuster, lettre dont le contenu, transmis par l'intermédiaire de S. E. l'ambassadeur de l'Empire des Ostrogoths, faisait savoir aux autorités municipales de la localité qu'elles devaient, sur l'ordre de Sa Haute Sagesse le conseiller privé Lützkenstett, afficher de toute urgence une proclamation dont la teneur serait la suivante : Un certain oiseau sans nom, désigné dans le langage populaire comme l'« Oiseau de Montagsdorf » était recherché par le conseiller privé Lützkenstett, avec l'appui du ministère de la Culture. Celui qui aurait des informations à donner touchant l'oiseau, son genre de vie, sa nourriture, ou les proverbes et les légendes s'y rapportant, pouvait les communiquer à la mairie qui les transmettrait à l'ambassadeur de l'Empire ostrogoth à Berne. De plus, celui qui remettrait à la mairie susnommée, pour être ensuite envoyé à l'ambassade, l'oiseau en question, vivant et indemne, recevrait une récompense de mille ducats d'or ; pour l'oiseau mort, en revanche, ou pour sa peau en bon état, la récompense ne serait que de cent ducats.

Le bourgmestre étudia longuement ce document officiel. Il lui sembla inique et ridicule, sentiment que partagèrent tous les conseillers municipaux. Si lui-même, Sehuster, avait reçu une pareille requête de la part du savant conseiller ou de l'ambassade des Ostrogoths, il l'aurait certainement laissée sans réponse, ou bien il aurait brièvement notifié à Leurs Excellences que le bourgmestre Sehuster ne se prêtait pas à de tels enfantillages et qu'il se souciait de leur démarche comme de sa première chemise. Mais la municipalité elle-même exigeait qu'il y eût proclamation : c'était un ordre, et il devait y donner suite. Même le vieux secrétaire municipal Balmelli, après avoir lu le document qu'il tenait aussi éloigné que possible de ses yeux de presbyte, réprima le sourire moqueur que cette affaire lui semblait mériter et répondit sans hésitation: «Nous devons obéir, monsieur Sehuster, il n'y a rien d'autre à faire. Je vais rédiger un texte pour l'affichage public.»

Quelques jours plus tard, la commune entière apprit donc par l'avis apposé sur le tableau officiel de la mairie que l'Oiseau était mis hors la loi, qu'une puissance étrangère le recherchait et avait mis sa tête à prix, que la Confédération et le canton s'étaient abstenus de prendre sous leur protection l'oiseau légendaire, et que, comme toujours, ils ne se souciaient aucunement de la petite créature, de ce qui pouvait lui être agréable ou précieux. C'était du moins l'opinion de Balmelli et de beaucoup d'autres personnes. Une récompense importante attendait donc celui qui attraperait le pauvre oiseau ou le tuerait, et il serait dès lors un homme fortuné. Tout le monde parlait de cette affaire, la foule stationnait devant l'hôtel de ville, se pressait autour du tableau d'affichage et chacun exprimait son opinion avec vivacité. Les jeunes gens étaient ravis, ils parlaient déjà de poser des pièges et des baguettes. La vieille Nina secouait sa tête grise d'épervier et disait: «C'est un péché, et le Conseil fédéral devrait avoir honte. Ces gens-là livreraient le Seigneur lui-même si cela rapportait de l'argent. Mais ils ne l'auront pas, Dieu merci, ils ne l'auront pas!»

Quant à Schalaster, le cousin du bourgmestre, il resta silencieux après avoir, lui aussi, lu l'affiche. Il ne dit pas un mot, relut attentivement le texte, renonça à se rendre à l'église comme il avait pensé le faire en ce dimanche matin, se dirigea lentement vers la maison du bourgmestre, pénétra dans le jardin, puis, changeant brusquement d'idée, fit volte-face et courut chez lui.

Schalaster avait pendant toute sa vie entretenu des

relations privilégiées avec l'Oiseau. Il l'avait vu plus fréquemment que d'autres, mieux observé, enfin il appartenait, si l'on ose dire, à ceux qui croyaient à l'Oiseau, qui le prenaient au sérieux et qui lui attribuaient une sorte de signification supérieure. C'est pourquoi la proclamation avait profondément impressionné et partagé cet homme. Tout d'abord, il est vrai, il avait réagi exactement comme l'avaient fait Nina et la plupart des vieux bourgeois attachés à la tradition : il avait été choqué et même révolté à l'idée que, sous la menace d'une pression étrangère, le trésor et le symbole du village pût être livré, fait prisonnier ou tué. Comment, cet hôte des bois, si rare et si mystérieux, cette créature légendaire, fameuse depuis des siècles, qui avait fait de Montagsdorf un lieu célèbre et aussi un objet de plaisanterie, et grâce à laquelle tant de légendes et d'histoires avaient été transmises aux générations humaines – cet oiseau-là devrait être immolé à la curiosité morbide d'un savant, pour l'amour de l'argent et de la science ? Cela semblait inouï et simplement impensable. C'était un sacrilège, de quelque façon que l'on envisageât la chose. D'autre part, à bien considérer tous les éléments de l'affaire et si l'on voulait bien avoir deux poids et deux mesures, ne pouvait-on pas se dire ceci : en fin de compte, celui qui accomplirait l'acte sacrilège n'était-il pas promis à une destinée exceptionnelle et brillante ? Et pour s'emparer du précieux oiseau n'aurait-on pas vraisemblablement besoin d'un homme averti, depuis toujours prédestiné à cette entreprise, d'un homme qui depuis sa plus tendre enfance aurait vécu familièrement avec l'oiseau et au destin duquel il serait lié ? Et qui donc pouvait être cet élu, cet homme unique, sinon Schalaster lui-même ? Et quand bien même ce serait un sacrilège et un crime de porter la main sur l'oiseau un sacrilège comparable à la trahison du Seigneur par Judas Iscariote – est-ce que précisément cette trahison, la mort, ainsi que le sacrifice du

Seigneur n'avaient pas été nécessaires, sanctifiés et prophétisés depuis les temps les plus anciens ? Et puis, se demandait Schalaster, prenant le monde à témoin, cela aurait-il eu la moindre utilité, le plan de Dieu et la Rédemption auraient-ils été changés ou contrecarrés en quoi que ce fût, si cet Iscariote, pour des motifs de morale ou de raison, s'était dérobé à son rôle et avait refusé de trahir ?

Telles étaient les pensées qui hantaient Schalaster et le remuaient profondément. Derrière sa maison, dans le verger de son enfance où il avait vu l'Oiseau pour la première fois et senti le délicieux frisson de l'aventure, il allait et venait maintenant d'un pas agité, passait et repassait devant l'étable des chèvres, la fenêtre de la cuisine, la cabane des lapins, tandis que, vêtu de son habit du dimanche, il frôlait les fourches, râteaux et faux accrochés au mur de la grange, tour à tour excité, puis étourdi jusqu'à l'ivresse par ses pensées, ses désirs et ses résolutions, le cœur lourd, songeant à Judas, imaginant déjà les mille ducats dans son sac.

Pendant ce temps, l'émotion grandissait au village. Depuis le moment où l'on avait appris la nouvelle, la commune presque tout entière s'était rassemblée devant l'hôtel de ville ; de temps à autre, quelqu'un s'avançait jusqu'au tableau d'affichage pour regarder de près l'annonce, une fois de plus ; chacun donnait bruyamment son avis, expliquait ses intentions qu'il appuyait sur des preuves bien établies, tirées de son expérience et formulées dans son langage familial, avec des allusions à l'Écriture sainte. Rares étaient ceux qui ne se prononcèrent pas d'emblée pour le oui ou pour le non, de sorte que le village se trouva très vite divisé en deux camps. Bien des gens pensaient comme Schalaster, c'est-à-dire que la chasse à l'Oiseau leur paraissait en effet une chose ignoble, mais que, cependant, les ducats leur auraient semblé bons à prendre ; toutefois, ce n'était pas l'affaire de chacun de chercher à résoudre ce problème d'une manière aussi scrupuleuse et compliquée. Les jeunes gens prenaient la chose avec désinvolture. Aucune considération de morale ou de protection de la nature ne pouvait freiner leur besoin d'action. Ils étaient d'avis que l'on essayât de tendre des pièges : peut-être aurait-on la chance d'attraper l'Oiseau, sans grand espoir tout de même, puisqu'on ignorait quel genre d'appât pourrait l'attirer. Et si jamais l'on se trouvait face à face avec lui, la meilleure chose à faire était de tirer sans hésitation car finalement, avoir en poche cent ducats valait toujours mieux qu'en avoir mille en tête. Ils se mirent d'accord dans un grand brouhaha, jouissant par avance de leurs exploits et se querellant déjà sur certains détails de la chasse aux oiseaux. L'un d'eux réclamait à grands cris une bonne carabine et un petit acompte d'un demi-ducat ; il se déclarait alors prêt à partir sur-le-champ et à sacrifier tout son dimanche à l'expédition. De leur côté, les adversaires de ce mouvement, c'est-à-dire presque tous les gens d'âge mûr, trouvaient tout cela inouï et proféraient ou murmuraient les vieilles sentences des sages, maudissaient le peuple d'aujourd'hui pour lequel plus rien n'est sacré, et qui a perdu toute foi, toute croyance. Les jeunes répliquaient en riant qu'il ne s'agissait pas de foi ni de croyance, mais de tir au fusil, et qu'en effet la sagesse et la vertu se rencontraient toujours chez ces vieux presque aveugles qui ne sont plus capables de viser un oiseau et dont les doigts engourdis ne peuvent plus manier une arme. Ainsi, on discutait avec animation dans tous les sens, et les gens qui brodaient plaisamment sur ce thème nouveau en oubliaient presque le boire et le manger. Sans trop réfléchir au rapport plus ou moins éloigné que leurs propos pouvaient avoir avec l'affaire de l'Oiseau, ils se lançaient dans des récits éloquents et passionnés relatant les succès et les déboires de leurs familles, rappelaient avec insistance à chacun le souvenir du défunt grand-père Nathanaël, du vieux Sehuster, des pèlerins de l'Orient qui, selon la légende, passèrent par le village ; on entendait citer des vers extraits d'un recueil de cantiques ou des fragments d'opéra ; ils se trouvaient mutuellement insupportables sans pouvoir néanmoins se séparer, invoquaient les devises et les maximes tirées de l'expérience de leurs prédécesseurs, monologuaient sur le temps jadis, sur l'évêque décédé, sur les maladies qu'ils avaient endurées. Un vieux paysan prétendait, par exemple, qu'au cours de dures souffrances, alors qu'il gisait sur son lit de malade, il avait aperçu l'Oiseau par la fenêtre, un court instant seulement, et que depuis lors, il était allé beaucoup mieux. Ces gens s'adressaient tantôt à eux-mêmes et à leur vision intérieure, tantôt à leurs concitoyens, et se montraient tour à tour conciliants et vindicatifs, approbateurs et persifleurs ; ils éprouvaient dans la division comme dans l'unité le sentiment bienfaisant de la force, de l'ancienneté et de la pérennité de leur commune appartenance, ils se sentaient jeunes et rusés, ou vieux et malins, se raillaient mutuellement, défendaient avec ardeur et de plein droit les bons usages de leurs pères, brocardaient leurs ancêtres, glorifiaient leur âge et leur expérience, exaltaient leur propre jeunesse et leur orgueil, s'échauffaient au point d'en venir aux mains, hurlaient, riaient, jouissaient d'être ensemble et de se disputer, s'enfonçaient jusqu'au cou dans la conviction d'avoir raison et d'avoir dit son fait à l'autre.

Au milieu de ces joutes oratoires et tandis que les différents partis se constituaient, la vieille Nina, âgée de plus de quatre-vingt-dix ans, suppliait son blondin de petit-fils de ne pas se joindre à cette païenne et cruelle chasse à l'oiseau, dangereuse de surcroît ; et pendant que les jeunes, sans respect pour ses rides, exécutaient autour d'elle un simulacre de chasse, lui braquaient des carabines imaginaires sur les tempes et la mettaient en joue, un œil à demi fermé, puis criaient « pif, paf », il se produisit quelque chose de tellement inattendu, que jeunes et vieux en furent muets de surprise et comme pétrifiés. Sur une exclamation du vieux Balmelli, tous les regards suivirent la direction de son bras tendu, et ils virent, au milieu du profond silence qui s'était fait tout à coup, l'Oiseau, le fameux Oiseau s'élancer du toit de l'hôtel de ville et venir se poser sur l'auvent du tableau d'affichage, frotter sa petite tête contre son aile, aiguiser son bec et lancer un bref gazouillis ; puis, tout en battant rapidement de la queue, il égrena quelques roulades, dressa sa petite huppe, et devant tous les villageois dont la plupart ne le connaissaient que par ouï-dire, il fit sa toilette, se montra complaisamment, pencha la tête avec curiosité comme s'il voulait, lui aussi, lire l'affiche des autorités et savoir combien de ducats on avait offert pour sa capture. Cette pause ne dura qu'un instant, mais tout le monde eut l'impression que l'Oiseau leur avait fait une visite solennelle et leur avait lancé un défi. Personne ne faisait plus « pif, paf », mais tous restaient là, étonnés, ensorcelés par la hardiesse de cet hôte imprévu qui avait volé jusqu'à eux et choisi précisément cet endroit et ce moment pour se moquer d'eux. Émerveillés et embarrassés, ils ouvraient de grands yeux pour mieux voir cette surprenante créature ; ravis et touchés, ils regardaient fixement le petit gaillard qui avait tant fait parler de lui, auquel leur pays devait sa célébrité, qui avait été témoin de la mort d'Abel, avant de se transformer en un Hohenstaufen, en un prince, ou un magicien, qui avait habité la maison rouge sur la colline des serpents, où vivaient encore aujourd'hui tant de couleuvres ; c'était lui, enfin, qui avait éveillé la cupidité des savants étrangers et des grandes puissances mondiales, lui dont la capture valait un millier de pièces d'or. Tous l'admiraient et l'aimaient sincèrement, même ceux qui une seconde plus tard se mirent à jurer et à trépigner d'impatience, furieux de n'avoir pas eu leur fusil de chasse à portée de la main ; oui, ils l'aimaient, ils étaient fiers de lui, il était leur chose, leur gloire, leur honneur, lui qui était perché, hochant la queue, la huppe dressée, tout près de leurs têtes sur l'auvent du tableau d'affichage où il semblait leur prince ou leur emblème. Lorsqu'il disparut brusquement, et que la place où convergeaient tous les regards apparut vide, les gens s'éveillèrent peu à peu comme d'un enchantement et chacun se mit à rire, à crier bravo, à chanter les louanges de l'Oiseau. Ils réclamèrent leurs fusils et se demandèrent dans quelle direction il avait bien pu s'envoler. Ils se souvinrent que c'était bien ce même Oiseau qui avait autrefois guéri un vieux paysan et que c'était également lui que le grand-père de la vieille Nina, alors âgée de quatre-vingt-dix ans, avait connu ; ils ressentaient une sorte d'émerveillement, quelque chose comme le bonheur et le besoin de gaieté, mais en même temps, ils avaient une certaine impression de mystère, de magie et d'effroi, de sorte qu'ils se séparèrent tout à coup et rentrèrent chacun chez soi pour l'heure de la soupe, afin de mettre un terme à cette réunion populaire qui avait mis en ébullition les forces vives du village et dont le roi avait été incontestablement l'Oiseau. Tout redevint calme devant l'hôtel de ville, et lorsque les cloches de midi commencèrent à sonner, la place était vide et comme morte, tandis que sur le papier blanc de l'affiche encore ensoleillé une ombre descendait lentement, l'ombre de l'auvent sur lequel l'Oiseau venait précisément de se percher.

Pendant ce temps Schalaster, plongé dans ses réflexions, allait et venait derrière sa maison, près des râteaux et des faux, du clapier et de l'étable à chèvres ; son allure était maintenant plus tranquille et plus régulière ; ses considérations morales et théologiques se rapprochaient toujours plus de ce point d'équilibre où la balance est immobile. La cloche de midi le tira de ses réflexions ; légèrement effrayé et quelque peu affamé, il fit demi-tour et songea que la voix de sa femme allait à l'instant l'appeler pour le repas ; il eut un peu honte de s'être laissé absorber à ce point et rentra en martelant le sol de ses bottes. À cet instant précis, juste au moment où la voix de sa femme venait confirmer le signal de la cloche, il eut soudain comme un éblouissement. Tout près de lui, quelque chose fendit l'air en sifflant, une sorte de léger courant d'air le frôla et voici que l'Oiseau se perchait sur le cerisier, où il se balançait comme une fleur sur la branche, jouait de sa huppe emplumée, tournait sa petite tête, pépiait doucement, regardait l'homme dans les yeux (celui-ci connaissait bien ce coup d'œil depuis sa tendre enfance) et déjà il avait sautillé ailleurs et disparu à travers les branches, avant que Schalaster, qui restait là pétrifié, ait eu le temps de s'apercevoir que les battements de son cœur s'étaient accélérés. Depuis ce dimanche à midi, heure où l'Oiseau s'était perché sur le cerisier de Schalaster, il n'a plus été vu qu'une seule fois par un être humain, et ce fut encore par ce même Schalaster, cousin du bourgmestre alors en charge. Il était fermement résolu à s'emparer de l'Oiseau et à toucher la récompense ; mais comme il savait bien, le vieux connaisseur, qu'il n'aurait jamais la chance de l'attraper, il avait remis en état un ancien fusil et s'était procuré de la grenaille du plus fin calibre, celle qu'on appelle la cendrée. Il avait calculé que s'il tirait sur lui avec ce plomb très fin, l'Oiseau, selon toute vraisemblance, ne serait pas tué ni déchiqueté, mais qu'un grain de cette mitraille le blesserait légèrement et que la frayeur l'étourdirait ; ainsi, il lui serait possible de le tenir vivant entre ses mains. Le prévoyant bonhomme avait préparé tout ce qui pouvait servir son dessein, notamment une petite cage où enfermer son prisonnier, et, à partir de ce moment, il prit toutes les précautions imaginables pour ne jamais s'éloigner de son fusil constamment chargé. Chaque fois qu'il le pouvait, il le prenait avec lui, et quand c'était impossible, par exemple lorsqu'il allait à l'église, il en souffrait pendant tout le trajet.

Néanmoins, lorsqu'il se trouva une nouvelle fois en présence de l'Oiseau, à l'automne de cette année-là, il n'avait justement pas son fusil sous la main. C'était tout près de la maison. L'Oiseau, comme d'habitude, avait surgi sans bruit et l'avait salué de son gazouillement familier, après qu'il se fut perché, tout heureux, sur le tronc noueux du vieux saule dont Schalaster coupait régulièrement les branches qui lui servaient à attacher les arbres de son espalier. Il était là, à moins de dix pas, et continuait à jaser, à gazouiller, tandis que son ennemi éprouvait une fois encore dans son âme cette extraordinaire sensation de bonheur (joie et souffrance mêlées, comme si l'on était appelé à une vie que l'on se sentait incapable d'assumer). En même temps, la nuque inondée de sueur, il se demandait avec angoisse comment il pourrait s'emparer assez vite de son arme ; il savait bien que l'Oiseau ne restait jamais longtemps à la même place. Il se précipita dans la maison, revint avec son fusil, vit l'Oiseau toujours perché sur le saule, et, à pas feutrés, s'approcha lentement de lui. L'Oiseau était sans méfiance et se souciait aussi peu du fusil que de l'étrange comportement de cet homme excité, aux yeux fixes, aux gestes sournois, à la conscience chargée et qui se donnait beaucoup de peine pour paraître innocent. L'Oiseau le laissa venir, lui jeta un regard confiant, essaya même de l'égayer et observa d'un air malicieux le paysan qui levait son arme, fermait un œil et visait longuement… Enfin le coup partit et le petit nuage de fumée ne s'était pas encore dissipé que Schalaster, agenouillé sous le saule, cherchait partout dans l'herbe. Du saule, il alla jusqu'à la clôture du jardin, puis revint sur ses pas, pour repartir ensuite en direction des ruches, puis des plants de haricots. Il parcourut son pré dans les deux sens, l'inspecta minutieusement, examinant chaque touffe d'herbe, deux fois, trois fois de suite, pendant une heure, deux heures, pour recommencer le lendemain matin. L'Oiseau demeurait introuvable, il ne put même pas retrouver une seule de ses plumes. Il s'était sauvé, on avait été par trop lourdaud avec lui, la détonation avait été trop forte, et puis, l'Oiseau aimait la liberté, le silence des bois, il ne se plaisait plus ici. Il était parti, et une fois de plus Schalaster n'avait pas pu voir dans quelle direction il s'était envolé. Peut-être avait-il regagné la maison sur la colline aux serpents, peut-être les lézards bleu-vert lui faisaient-ils la révérence au seuil de la demeure ? Peut-être s'était-il enfui plus loin encore dans l'espace et le temps, jusqu'au pays des Hohenstaufen, d'Abel et de Caïn, peut-être jusqu'au paradis ?

À dater de ce jour-là, l'Oiseau ne s'est plus montré. Certes il fit parler de lui longtemps encore, même jusqu'à nos jours, et un livre qui lui est consacré a paru dans une ville universitaire ostrogothe. Autrefois, on racontait à son sujet toutes sortes de légendes, mais depuis sa disparition, il est devenu lui-même une légende, et bientôt il n'y aura plus personne pour affirmer sous la foi du serment que l'Oiseau a bel et bien existé, qu'il fut jadis le bon génie de la contrée, qu'une grosse somme avait été promise pour sa capture et qu'un jour on avait tiré sur lui. Plus tard, lorsqu'un savant étudiera une nouvelle fois cette légende, ce sera peut-être pour démontrer qu'elle est un produit de l'imagination populaire et il l'expliquera mot pour mot par les lois qui président à la naissance des mythes. Impossible en effet de le nier : en tous temps et en tous lieux il a existé et il existera toujours des êtres beaux et charmants, fêtés et révérés comme des génies tutélaires par leur entourage, parce qu'ils nous invitent à une existence plus belle, plus libre, plus ailée que celle que nous menons, et partout cependant, il se passe la même chose : les petits-enfants tournent en dérision les génies familiers de leurs grands-pères, les êtres beaux et charmants sont un jour pourchassés et tués, leur tête ou leur peau est mise à prix, jusqu'à ce qu'un peu plus tard leur existence se transforme en une fable, qui elle-même finit par s'envoler comme un oiseau.

Personne ne peut dire sous quelle forme et de quelle manière la présence de l'Oiseau se manifestera dans l'avenir. Pour la bonne règle, nous mentionnerons encore le fait que Schalaster a récemment péri d'une façon horrible, très probablement par le suicide, mais nous ne nous permettrons pas de rattacher à cet événement quelque commentaire que ce soit.

Table

DU MÊME AUTEUR
aux Editions Calmann-Lévy

romans

LE LOUP DES STEPPES
PETER CAMENZIND
L'ORNIÈRE
GERTRUDE
LE VOYAGE EN ORIENT
Préface d'André Gide
LE JEU DES PERLES DE VERRE
ROSSHALDE
KNULP
NARCISSE ET GOLDMUND

nouvelles

ENFANCE D'UN MAGICIEN
LES FRÈRES DU SOLEIL
LE DERNIER ÉTÉ DE KLINGSOR
BERTHOLD
LA LEÇON INTERROMPUE
UNE PETITE VILLE D'AUTREFOIS
LA CONVERSION DE CASANOVA
LE POÈTE CHINOIS
CONTES MERVEILLEUX
LETTRES (1900-1962)
FIANÇAILLES
SOUVENIRS D'UN EUROPÉEN

Le Livre de Poche Biblio

Extrait du catalogue

Sherwood ANDERSON
Pauvre Blanc

Guillaume APOLLINAIRE
L'Hérésiarque et Cie

Miguel Angel ASTURIAS
Le Pape vert

Djuna BARNES
La Passion

Adolfo BIOY CASARES
Journal de la guerre au cochon

Karen BLIXEN
Sept contes gothiques

Mikhail BOULGAKOV
La Garde blanche
Le Maître et Marguerite
J'ai tué
Les Œufs fatidiques

Ivan BOUNINE
Les Allées sombres

André BRETON
Anthologie de l'humour noir
Arcane 17

Erskine CALDWELL
Les Braves Gens du Tennessee

Italo CALVINO
Le Vicomte pourfendu

Elias CANETTI
Histoire d'une jeunesse (1905-1921) - *La langue sauvée*
Histoire d'une vie (1921-1931) - *Le flambeau dans l'oreille*
Histoire d'une vie (1931-1937) - *Jeux de regard*
Les Voix de Marrakech

Raymond CARVER
Les Vitamines du bonheur
Parlez-moi d'amour
Tais-toi, je t'en prie

Camillo José CELA
Le Joli Crime du carabinier

Blaise CENDRARS
Rhum

Varlam CHALAMOV
La Nuit
Quai de l'enfer

Jacques CHARDONNE
Les Destinées sentimentales
L'Amour c'est beaucoup plus que l'amour

Jerome CHARYN
Frog

Bruce CHATWIN
Le Chant des pistes

Hugo CLAUS
Honte

Carlo COCCIOLI
Le Ciel et la Terre
Le Caillou blanc

Jean COCTEAU
La Difficulté d'être

Cyril CONNOLLY
Le Tombeau de Palinure

Joseph CONRAD
A Set of Six

Joseph CONRAD
et Ford MADOX FORD
L'Aventure

René CREVEL
La Mort difficile
Mon corps et moi

Alfred DÖBLIN
Le Tigre bleu
L'Empoisonnement

Lawrence DURRELL
Cefalù
Vénus et la mer
L'Ile de Prospero
Citrons acides

Friedrich DÜRRENMATT
La Panne
La Visite de la vieille dame
La Mission

J.G. FARRELL
Le Siège de Krishnapur

Paula FOX
Pauvre Georges !
Personnages désespérés

Jean GIONO
Mort d'un personnage
Le Serpent d'étoiles
Triomphe de la vie
Les Vraies Richesses

Jean GIRAUDOUX
Combat avec l'ange
Choix des élues

Vassili GROSSMAN
Tout passe

Lars GUSTAFSSON
La Mort d'un apiculteur

Knut HAMSUN
La Faim
Esclaves de l'amour
Mystères
Victoria
Sous l'étoile d'automne

Hermann HESSE
Rosshalde
L'Enfance d'un magicien
Le Dernier Été de Klingsor
Peter Camenzind
Le Poète chinois
Souvenirs d'un Européen
Le Voyage d'Orient
La Conversion de Casanova

Bohumil HRABAL
Moi qui ai servi le roi d'Angleterre
Les Palabreurs
Tendre Barbare

Yasushi INOUÉ
Le Fusil de chasse
Le Faussaire

Henry JAMES
Roderick Hudson
La Coupe d'or
Le Tour d'écrou

Ernst JÜNGER
Orages d'acier
Jardins et routes
(Journal I, 1939-1940)
Premier journal parisien
(Journal II, 1941-1943)
Second journal parisien
(Journal III, 1943-1945)
La Cabane dans la vigne
(Journal IV, 1945-1948)
Héliopolis
Abeilles de verre

Ismail KADARÉ
Avril brisé
Qui a ramené Doruntine?
Le Général de l'armée morte
Invitation à un concert officiel
La Niche de la honte
L'Année noire
Le Palais des rêves

Franz KAFKA
Journal

Yasunari KAWABATA
Les Belles Endormies
Pays de neige
La Danseuse d'Izu
Le Lac
Kyôto
Le Grondement de la montagne
Le Maître ou le tournoi de go
Chronique d'Asakusa
Les Servantes d'auberge

Abé KÔBÔ
La Femme des sables
Le Plan déchiqueté

Andrzeij KUSNIEWICZ
L'État d'apesanteur

Pär LAGERKVIST
Barabbas

LAO SHE
Le Pousse-pousse
Un fils tombé du ciel

D.H. LAWRENCE
Le Serpent à plumes

Primo LEVI
Lilith
Le Fabricant de miroirs

Sinclair LEWIS
Babbitt

LUXUN
Histoire d'AQ : Véridique biographie

Carson McCULLERS
Le cœur est un chasseur solitaire
Reflets dans un œil d'or
La Ballade du café triste
L'Horloge sans aiguilles
Frankie Addams
Le Cœur hypothéqué

Naguib MAHFOUZ
Impasse des deux palais
Le Palais du désir
Le Jardin du passé

Thomas MANN
Le Docteur Faustus
Les Buddenbrook

Katherine MANSFIELD
La Journée de Mr. Reginald Peacock

Henry MILLER
Un diable au paradis
Le Colosse de Maroussi
Max et les phagocytes

Paul MORAND
La Route des Indes
Bains de mer
East India and Company

Vladimir NABOKOV
Ada ou l'ardeur

Anaïs NIN
Journal 1 - *1931-1934*
Journal 2 - *1934-1939*
Journal 3 - *1939-1944*
Journal 4 - *1944-1947*

Joyce Carol OATES
Le Pays des merveilles

Edna O'BRIEN
Un cœur fanatique
Une rose dans le cœur

PA KIN
Famille

Mervyn PEAKE
Titus d'Enfer

Leo PERUTZ
La Neige de saint Pierre
La Troisième Balle
La Nuit sous le pont de pierre
Turlupin
Le Maître du jugement dernier
Où roules-tu, petite pomme ?

Luigi PIRANDELLO
La Dernière Séquence
Feu Mathias Pascal

Ezra POUND
Les Cantos

Augusto ROA BASTOS
Moi, le Suprême

Joseph ROTH
Le Poids de la grâce

Raymond ROUSSEL
Impressions d'Afrique

Salman RUSHDIE
Les Enfants de minuit

Arthur SCHNITZLER
Vienne au crépuscule
Une jeunesse viennoise
Le Lieutenant Gustel
Thérèse
Les Dernières Cartes
Mademoiselle Else

Leonardo SCIASCIA
Œil de chèvre
La Sorcière et le Capitaine
Monsieur le Député
Petites Chroniques
Le Chevalier et la Mort
Portes ouvertes

Isaac Bashevis SINGER
Shosha
Le Domaine

André SINIAVSKI
Bonne nuit !

George STEINER
Le Transport de A. H.

Tarjei VESAAS
Le Germe

Alexandre VIALATTE
La Dame du Job
La Maison du joueur de flûte

Ernst WEISS
L'Aristocrate

Franz WERFEL
Le Passé ressuscité
Une écriture bleu pâle

Thornton WILDER
Le Pont du roi Saint-Louis
Mr. North

Virginia WOOLF
Orlando
Les Vagues
Mrs. Dalloway
La Promenade au phare
La Chambre de Jacob
Entre les actes
Flush
Instants de vie

La Pochothèque

Une série au format 12,5 × 19

Classiques modernes

Lawrence Durrell. *Le Quatuor d'Alexandrie : Justine, Balthazar, Mountolive, Clea.*

Jean Giono. *Romans et essais* (1928-1941) *: Colline, Un de Baumugnes, Regain, Présentation de Pan, Le Serpent d'étoiles, Jean le bleu, Que ma joie demeure, Les Vraies Richesses, Triomphe de la vie.*

Jean Giraudoux. *Théâtre complet : Siegfried, Amphitryon 38, Judith, Intermezzo, Tessa, La guerre de Troie n'aura pas lieu, Supplément au voyage de Cook, Electre, L'Impromptu de Paris, Cantique des cantiques, Ondine, Sodome et Gomorrhe, L'Apollon de Bellac, La Folle de Chaillot, Pour Lucrèce.*

P.D. James. *Les Enquêtes d'Adam Dalgliesh :*

Tome 1. *A visage couvert, Une folie meurtrière, Sans les mains, Meurtres en blouse blanche, Meurtre dans un fauteuil.*

Tome 2. *Mort d'un expert, Un certain goût pour la mort, Par action et par omission.*

P.D. James. *Romans : La Proie pour l'ombre, La Meurtrière, L'Ile des morts.*

Carson McCullers. *Romans et nouvelles : Frankie Addams, L'Horloge sans aiguille, Le Cœur est un chasseur solitaire, Reflets dans un œil d'or* et diverses nouvelles, dont *La Ballade du café triste.*

Naguib Mahfouz. *Trilogie : Impasse des Deux-Palais, Le Palais du désir, Le Jardin du passé.*

François Mauriac. *Œuvres romanesques : Tante Zulnie, Le Baiser au lépreux, Genitrix, Le Désert de l'amour, Thérèse Desqueyroux, Thérèse à l'hôtel, Destins, Le Nœud de vipères, Le Mystère Frontenac, Les Anges noirs, Le Rang, Conte de Noël, La Pharisienne, Le Sagouin.*

Anton Tchekhov. *Nouvelles : La Dame au petit chien,* et plus de 80 autres nouvelles, dont *L'Imbécile, Mort d'un fonctionnaire, Maria Ivanovna, Au cimetière, Le Chagrin, Aïe mes dents! La Steppe, Récit d'un inconnu, Le Violon de Rotschild, Un homme dans un étui, Petite Chérie...*

Boris Vian. *Romans, nouvelles, œuvres diverses :* Les quatre romans essentiels signés Vian, *L'Écume des jours, L'Automne à Pékin, L'Herbe rouge, L'Arrache-cœur*, deux « Vernon Sullivan » : *J'irai cracher sur vos tombes, Et on tuera tous les affreux*, un ensemble de nouvelles, un choix de poèmes et de chansons, des écrits sur le jazz.

Virginia Woolf. *Romans et nouvelles : La chambre de Jacob, Mrs. Dalloway, Voyage au Phare, Orlando, Les Vagues, Entre les actes...* En tout, vingt-cinq romans et nouvelles.

Stefan Zweig. *Romans et nouvelles : La Peur, Amok, Vingt-Quatre Heures de la vie d'une femme, La Pitié dangereuse, La Confusion des sentiments...* Au total, une vingtaine de romans et de nouvelles.

Thomas Mann. *Œuvres (à paraître)*

Yasunari Kawabata. *Romans et nouvelles (à paraître)*

Ouvrages de référence

Le Petit Littré

Atlas de l'écologie

Atlas de la philosophie

Atlas de l'astronomie *(à paraître)*

Atlas de la biologie *(à paraître)*

Encyclopédie de l'art

Encyclopédie de la musique

Encyclopédie géographique

Encyclopédie des sciences
(à paraître)

Encyclopédie de la littérature
(à paraître)

Dictionnaire des lettres françaises : Le Moyen Âge

Le Théâtre en France
(sous la direction de Jacqueline de Jomaron)

La Bibliothèque idéale

HISTOIRE UNIVERSELLE DE L'ART

L'Art égyptien
(S. Donadoni)

L'Art de la Préhistoire
(L.R. Nougier)

L'Art du XVe siècle, des Parler à Dürer
(J. Białostocki)

L'Art grec *(à paraître)*
(R. Martin)

Dans Le Livre de Poche

(*Extrait du catalogue*)

Biographies, études...

Badinter Elisabeth
Emilie, Emilie. L'ambition féminine.
au XVIIIe siècle (*vies de Mme du Châtelet, compagne de Voltaire, et de Mme d'Epinay, amie de Grimm*).

Badinter Elisabeth et Robert
Condorcet.

Borer Alain
Un sieur Rimbaud.

Bourin Jeanne
La Dame de Beauté (*vie d'Agnès Sorel*).
Très sage Héloïse.

Bramly Serge
Léonard de Vinci.

Bredin Jean-Denis
Sieyès, la clé de la Révolution française.

Caldwell Erskine
La Force de vivre.

Chalon Jean
Chère George Sand.

Champion Jeanne
Suzanne Valadon ou la recherche de la vérité.
La Hurlevent (*vie d'Emily Brontë*).

Charles-Roux Edmonde
L'Irrégulière (*vie de Coco Chanel*).
Un désir d'Orient (*jeunesse d'Isabelle Eberhardt, 1877-1899*).

Chase-Riboud Barbara
La Virginienne (*vie de la maîtresse de Jefferson*).

Chauvel Geneviève
Saladin, rassembleur de l'Islam.

Clément Catherine
Vies et légendes de Jacques Lacan.
Claude Lévi-Strauss ou la structure et le malheur.

Contrucci Jean
Emma Calvé, la diva du siècle.

Cordier Daniel
Jean Moulin.

Dalaï-Lama
Au loin la liberté.

Delbée Anne
Une femme (*vie de Camille Claudel*).

Desanti Dominique
Sacha Guitry, cinquante ans de spectacle.

Dormann Geneviève
Amoureuse Colette.

Eribon Didier
Michel Foucault.

Frank Anne
Journal.

Girard René
Shakespeare – Les feux de l'envie.

Giroud Françoise
Une femme honorable (*vie de Marie Curie*).

Goubert Pierre
Mazarin.

Kafka Franz
Journal.

Kremer-Marietti Angèle
Michel Foucault - Archéologie et généalogie.

Lacouture Jean
Champollion. Une vie de lumières.

Lange Monique
Cocteau, prince sans royaume.

Levenson Claude B.
Ainsi parle le Dalaï-Lama.

Loriot Nicole
Irène Joliot-Curie.

Michelet Jules
Portraits de la Révolution française.

Monnet Jean
Mémoires.

Orieux Jean
Voltaire ou la royauté de l'esprit.
Pernoud Régine
Aliénor d'Aquitaine.
Perruchot Henri
La Vie de Toulouse-Lautrec.
Prévost Jean
La Vie de Montaigne.
Renan Ernest
Marc Aurèle ou la fin du monde antique.
Souvenirs d'enfance et de jeunesse.
Rey Frédéric
L'Homme Michel-Ange.
Roger Philippe
Roland Barthes, roman.
Séguin Philippe
Louis-Napoléon le Grand.
Sipriot Pierre
Montherlant sans masque.
Stassinopoulos Huffington Arianna
Picasso, créateur et destructeur.
Sweetman David
Une vie de Vincent Van Gogh.
Thurman Judith
Karen Blixen.
Troyat Henri
Ivan le Terrible.
Maupassant.
Flaubert.
Zola.
Zweig Stefan
Trois Poètes de leur vie (*Stendhal, Casanova, Tolstoï*).

Dans la collection « Lettres gothiques » :

Journal d'un bourgeois de Paris (*écrit entre 1405 et 1449 par un Parisien anonyme*).

Composition réalisée par INFOPRINT

IMPRIMÉ EN FRANCE PAR BRODARD ET TAUPIN
Usine de La Flèche (Sarthe).
LIBRAIRIE GÉNÉRALE FRANÇAISE - 6, rue Pierre-Sarrazin - 75006 Paris.
ISBN : 2 - 253 - 93217 - 5 42/3217/9